一次戰勝新制多益

TOEIC

必考閱讀 答案+解析

SINAGONG 多益專門小組、金富露（Peter）、趙康壽／著
林雅雱／譯

要學就學必考的！

NEW TOEIC READING

答案＋解析

類型分析 1. 五大基本句型

Unit 01. 五大基本句型－句型 1

實戰演練 1

說明 空格後方接的是介系詞片語 on the food，因此答案為不及物動詞 (B) depends。(A)、(C)、(D) 皆為及物動詞，及物動詞後方應為受詞。

解答 (B)

翻譯 餐廳成功與否，取決於餐飲、經驗、價格與地點。

單字 success 成功／ experience 經驗／ location 地點

實戰演練 2

說明 介系詞片語或是副詞前方空格，應為不及物動詞。而本題空格後方為副詞 competently，可知答案為 (D) function。(A)、(B)、(C) 皆為及物動詞。

解答 (D)

翻譯 並不是所有員工都很滿意，因為有些人覺得女性在以男性為主的公司新政策下，無法發揮出最佳實力。

單字 function 運作，執行／ competently 勝任地／ male-centered 以男性為主／ request 要求／ support 支持／ release 發布

Unit 02. 五大基本句型－句型 2

實戰演練 1

說明 空格前後方的副詞（extremely）多為解題陷阱，請忽略後再解題。be 動詞後方為形容詞位置，因此答案為 (D) successful。

解答 (D)

翻譯 多虧了大量捐款，公司舉辦的慈善活動非常成功。

單字 hold 舉辦／ charity 慈善／ substantial 相當的

實戰演練 2

說明 解題時，請忽略空格前後方的副詞。本題中，忽略副詞 fully 後，可知 become 後方為形容詞的位置，因此答案為 (A) operational。

解答 (A)

翻譯 中國工廠歷時已久的工程總算完工，生產線終於可以正常運轉。

單字 finally 終於／ production line 生產線／ operational 可運作的／ operation 運作／ operationally 可運作地

Unit 03. 五大基本句型－句型 3

實戰演練 1

說明 provide 句型為「人物（them）＋ with ＋事物（a banquet hall）」，因此答案即為 (D)。而 (A)、(B)、(C) 皆為不及物動詞。

解答 (D)

翻譯 針對明天的會議，飯店會提供他們宴會廳、免費飲料以及電話服務。

單字 banquet hall 宴會廳

實戰演練 2

說明 當出現兩個相同意義的詞彙（deal、address）時，由二擇一，而空格後方接續受詞 the problem，可知空格為及物動詞。(A) 為不及物動詞，因此答案為及物動詞 (B) address。

解答 (B)

翻譯 根據最新的財務報告，減少員工薪資無法解決公司的赤字問題。

單字 recent 最近的／ reduce 減少／ address 處理，改善／ deficit 赤字，缺少

Unit 04. 五大基本句型－句型 4

實戰演練 1

說明 空格後方為「人物（David）＋事物（the contracts）」，可知答案為句型 4 動詞 (D) send。

解答 (D)

翻譯 由於我現在不在辦公室，Victoria 會盡快寄合約給 David。

單字 right now 現在／ contract 合約（書）

實戰演練 2

說明 空格後方為「事物（the plans）＋ to ＋人物（you）」，可知答案為句型 4 動詞 (B) show。(A) 句型為「assign A as B」表示「將 A 指定為 B」，而 (C)、(D) 為不及物動詞。

解答 (B)

翻譯　星期一我就可以給你看關於新品牌上市的計畫了。

單字　be able to do 可以做～／ launching 上市，啟動

Unit 05. 五大基本句型－句型 5

實戰演練 1

說明　空格後方為「受詞＋受詞補語（investors even more dependent）」，因此答案為 (D) made。

解答　(D)

翻譯　金融市場的變遷讓投資客更依賴品質相關的情報。

單字　financial market 金融市場／ investor 投資人／ dependent 依賴的

實戰演練 2

說明　空格前方為句型 5 的動詞（make），可知空格應為受詞補語，因此答案為形容詞 (B) special。

解答　(B)

翻譯　他在銷售上的成功，讓他在公司的地位變得特別。

單字　success 成功／ speciality 特性

類型分析 1. REVIEW TEST

1. 選出正確動詞的題型

說明　空格後方為「受詞（employees）＋受詞補語（inspired）」，可知答案為句型 5 動詞 (D) keeps。(A)、(B) 為及物動詞，(C) 為不及物動詞。

解答　(D)

翻譯　經理鼓舞員工們，讓他們確信公司在服務業界是最棒的。

單字　inspired 被鼓舞的／ organization 公司，組織／ hospitality industry 服務業

2. 選出正確動詞的題型

說明　空格後方為「人物（everyone）＋事物（a copy of the report）」，可知答案為句型 4 動詞 (A) gave。(B) 為及物動詞，意思為「發送」，(C) 也是及物動詞，意思為「延期，推遲」，(D) 則為「分配」，也是及物動詞，但都非正確答案。

解答　(A)

翻譯　Jenny 在會議上發給每個人報告的副本，那是她上週花了一星期做的。

單字　forward 發送／ distribute 分派，分發

3. 選出正確詞性的題型

說明　become 後方應接續補語，因此形容詞 (B) angry 為答案。形容詞補語的空格中，不可填入 (A) 名詞、(C) 副詞、(D) 不定詞。

解答　(B)

翻譯　在顧客因為服務速度太慢而生氣之前，我們一定要僱用更多外場人員。

單字　hire 僱用／ serve 服務

4. 選出正確詞性的題型

說明　空格前方為句型 5 的代表動詞 make，可知空格內應填入受詞補語，因此形容詞 (A) accessible 為正解。受詞補語的詞性不可為 (B) 動詞、(C) 副詞，而名詞 (D) 只能是受詞（history）的同位語情況下才能使用。

解答　(A)

翻譯　坐落於上海老城區的中心，上海觀光局讓民眾能夠貼近當地的歷史。

單字　locate 坐落於～

5. 選出正確動詞的題型

說明　空格位於受詞 responsibility 正前方，因此可直接刪去不及物動詞 (C)，而 assume responsibility for 為「對～負起責任」，因此答案為 (A) assume。除了 assume 之外，空格內也可填入 take、accept、hold、have 等。

解答　(A)

翻譯　公司宣稱顧客使用產品時若有發生任何問題，他們將承擔一切責任。

單字　problem 問題／ occur 發生

6. 選出正確動詞的題型

說明　遇到及物動詞題型時，不要只確認受詞有無，也要記得一併確認受詞後方的單字。而後方能接續「受詞＋ to」的及物動詞選項唯有 (C) match。

解答　(C)

翻譯　我們將會比對去年與今年的銷售記錄，找出其中差異以制定新計畫。

單字　record 記錄／ difference 差異／ draw up 制定

7. 選出正確動詞的題型

說明　空格後方連接的是介系詞 from，可知空格應為不及物動詞。選項中唯有 varied 為不及物動詞，而 varied 搭配 from 使用，意思為「不同於」，因此答案為 (A)。

解答　(A)

翻譯　公司習慣用來獲取新產品資訊的問卷調查結果，各個國家都不相同。

單字　response 回覆／ create 製造／ vary from A to B A 不同於 B

8. 選出正確動詞的題型

說明　空格後方句型為「事物＋ to ＋人物」，因此空格應為句型 4 動詞 (B) showed。(A)、(C)、(D) 的動詞皆不適用該句型。

解答　(B)

翻譯　公司將外國設計師經手的新制服向全體員工展示，結果廣獲好評。

單字　positive 正向的／ response 反應

9. 選出正確動詞的題型

說明　空格後方句型為「人物＋ that」，可推得答案為 (C) inform。(A) 為不及物動詞，而 (B)、(D) 雖皆為及物動詞，但不符合「人物＋ that 子句」的句型文法。

解答　(C)

翻譯　我想通知您，國際協會的會長非常期待您為研討會所準備的特別報告。

單字　look forward to 期待／ special 特別的／ prepare 準備

10. 選出正確動詞的題型

說明　空格後方連接介系詞片語（in networks and software），可推得空格應為不及物動詞。當空格前後方出現介系詞時，必須從動詞與介系詞的慣用形式找出答案。而 specialize in 為「專攻於～」，因此答案為 (D) specialize。

解答　(D)

翻譯　我們專精於網路與軟體這一塊，我們會教導使用者如何活用軟體。

單字　utilize 活用

類型分析 2. 名詞

Unit 06. 名詞擺放的位置 ①

實戰演練 1

說明　及物動詞 make 後方須接續受詞，因此名詞 (D) payments 為答案。切記，此時空格前方不應出現冠詞。受詞詞性不可為 (A) 動詞、(B) 形容詞或 (C) 副詞。

解答　(D)

翻譯　想要註冊工作坊的管理者們，必須立即繳交費用。

單字　register for 註冊／ make payments 繳費／ promptly 立即

實戰演練 2

說明　本題句型為「------ ＋修飾語（to the Walk to Work campaign）＋動詞（are）」，可推測出空格內應為主詞，因此 (B) Contributions 為答案，此時空格前方不會出現冠詞。主詞詞性不可為 (A) 動詞、(C) 分詞與 (D) 介系詞。

解答　(B)

翻譯　對 Walk to Work 活動有貢獻的人都會獲獎，而且 CEO 會在尾牙上宣布年度最佳員工得主。

單字　honor 尊敬，給予榮耀／ year-end dinner 尾牙

Unit 07. 名詞擺放的位置 ②

實戰演練 1

說明　空格位於形容詞 final 後方，可知空格應填入名詞 (D) approval。而空格詞性不可為 (A) 動詞、(B) 現在分詞與 (C) 過去分詞。

解答　(D)

翻譯　在員工獲得總公司經理的最終許可前，必須推遲決策。

單字　get approval 獲得許可／ head office 總公司／ postpone 推遲

實戰演練 2

說明　複合名詞（名詞＋名詞）中的第一個名詞，可視為限定詞。本題中的空格位於限定詞 customer 後方，由文意可推測此處應為「顧客滿意度」，因此 (B) satisfaction 為正解。(A) 過去分詞、(C) 形容詞、(D) 現在分詞，都不可取代此處的名詞。

解答　(B)

翻譯　針對我們服務的顧客滿意度，將會透過實施餐廳跟網站上的調查，進行定期評估。

單字　evaluate 評估／ regularly 定期地／ conduct 進行，實施／ survey 調查

Unit 08. 名詞的形態

實戰演練 1

說明　空格位於形容詞 any 後方，可知空格應為名詞，因此具有名詞字尾 -ence 的 (D) difference 為答案。而此處的名詞不可替換為 (A) 現在分詞、(B) 形容詞與 (C) 動詞。

解答　(D)

翻譯　儘管有銷售人員的解釋，Alice 仍然無法看出兩個型號之間的任何差異。

單字　sales representative 銷售員／ explanation 解釋

實戰演練 2

說明　所有格 His 後方可接續名詞，因此具 -sm 名詞字尾的 (B) enthusiasm 為答案。(A) 形容詞、(C) 副詞、(D) 動詞，都不可取代此處的名詞。

解答　(B)

翻譯　他對電影的熱情，鼓舞了年輕導演們投入各自的作品中。

單字　enthusiasm 熱情／ encourage 鼓舞，給予勇氣／ dedicate 獻身於，投入／ enthusiastic 熱情的

Unit 09. 區分可數 vs 不可數名詞

實戰演練 1

說明　形容詞 more 後方為名詞位置，從句子文意看來，(A) 與 (B) 都很適合，而 (A) 為不可數、(B) 為可數名詞，但 more 後方應接續可數名詞複數形，或是不可數名詞，因此答案為 (A) information。(B) 為可數名詞，前方必加上 a 或是在後方加上複數形語尾 s。

解答　(A)

翻譯　如果您對於您電腦的安全性有疑慮，請造訪我們的網站獲取更多資訊。

單字　be anxious about 對～感到焦慮／ security 安全性

實戰演練 2

說明　空格位於及物動詞 consider 後方，可推得空格應為名詞，因此答案從 (A) discount 與 (B) discounts 中選擇。discount 為可數名詞，而且空格前方沒有 a / an，所以複數形 (B) discounts 為正解。

解答　(B)

翻譯　由於競爭對手的銷售手法來勢洶洶，我們應該要考慮將折扣提高到 70%。

單字　consider 考慮／ discount 折扣／ up to 到～／ competitor 競爭對手／ aggressive 侵略性的

Unit 10. 其他常見於考題的名詞

實戰演練 1

說明　空格位於名詞 employee 後方，正好符合複合名詞結構。「名詞 1（employee）＋名詞 2（productivity）」，可翻譯為「關於名詞 1 的名詞2」，因此與employee結合後，意思成為「關於員工的生產力」的 (D) productivity 為正確答案。

解答　(D)

翻譯　最新的報告指出，新系統改善了員工的生產力。

單字　latest 最新的／ improve 改善／ employee productivity 員工生產力

實戰演練 2

說明　空格為句子的主詞，而主詞詞性需為名詞，因此答案從 (C) instructors 與 (D) instruction 擇一。而文意翻譯後，應選擇 (C) instructors，「講師幫助 Burn Gorman 提升自己的溝通能力」較為通順。

解答　(C)

翻譯　Femi Business Institute 的講師們，幫助了 Burn Gorman 提升自己的溝通能力。

單字　instructor 講師／ improve 改善／ communication skill 溝通技巧

類型分析 2. REVIEW TEST

1. 形容詞後方填入名詞的題型

說明　形容詞 persuasive 後方應填入名詞，因此答案為 (D) argument。

解答　(D)

翻譯　Harris 先生想要找到比之前更有說服力的論點，好讓他可以快速結束跟經銷商的協商。

單字　persuasive 有說服力的／ previous 之前的／ negotiation 協商，談判

2. 選出正確複合名詞的題型

說明　空格前方接續名詞 travel，因此可能的答案除了名詞 (A) 之外，分詞 (C)、(D) 也都有可能。然而名詞後方的空格，比起填入形容詞或是分詞的可能性，填入名詞成為複合名詞的可能性高達 90%。本題中，若填入 (A) arrangements，變成「名詞 1（travel）＋名詞 2（arrangements）」的形式後，意思為「旅遊安排」符合文意，因此應選名詞。

解答　(A)

翻譯　BST Guide 向您保證，我們專業的員工將會為您打點好您要求的所有旅遊安排。

單字　assure 保證／ professional 專業的／ take care of 處理／ travel arrangement 旅遊安排

3. 動詞後方填入名詞的題型

說明　及物動詞 make 後方應填入作受詞的名詞，因此從 (B)、(D) 中挑選。change 為可數名詞，空格前方沒有不定冠詞 a，因此答案為複數形 (B) changes。

解答　(B)

翻譯　在顧客近幾個月來的要求下，主廚推出新的素食菜色，但他將會為菜單做些更動。

單字　chef 廚師／ vegetarian 素食的／ request 要求

4. 形容詞後方填入名詞的題型

說明　形容詞 defective 後方應填入名詞，因此由 (A)、(B) 之中選擇。product 為可數名詞，空格前方出現不定冠詞 a，因此答案為 (A) product。

解答　(A)

翻譯　Jessica 發現寄來的是不良品，因此她需要找出收據才能換貨。

單字　notice 發現／ defective 有缺陷的／ receipt 收據／ exchange 交換／ productive 有生產性的

5. 及物動詞後方填入名詞的題型

說明　及物動詞 leave 後方應填入作受詞的名詞，因此答案為 (A) suggestions。(B) 現在分詞、(C) 動詞、(D) 過去分詞，皆不可作受詞用。

解答　(A)

翻譯　公告欄上的教學，說明了如何在線上提出對方案的建議。

單字　instruction 教學，指示／ bulletin board 公布欄／ leave 留下

6. 形容詞後方填入名詞的題型

說明　當選項中出現兩個相似意義的名詞時，通常其一為可數，另一為不可數名詞。本題中，(B) 為可數而 (C) 為不可數名詞，加上空格前方沒有不定冠詞 a，因此答案為不可數名詞 (C) advice。

解答　(C)

翻譯　Judge Judy，一個美國著名的電視節目，提供觀眾聽取來自律師具體建議的機會。

單字　provide A with B 將 B 提供給 A ／ specific 具體的／ lawyer 律師

7. 填入名詞的題型

說明　冠詞 the 與介系詞 of 之間，應填入名詞，因此答案為 (A) population。(B) 動詞、(C) 形容詞、(D) 副詞皆不可填入空格中。

解答　(A)

翻譯　由於不斷增加的移民人數，澳洲的人口成長非常快速。

單字　population 人口／ extremely 非常／ due to 由於／ increasing 增加的／ immigrant 移民

8. 形容詞後方填入名詞的題型

說明　形容詞 further 後方應填入名詞，因此答案為 (B) reference。此處不可填入動詞或分詞，因此其他選項都是錯誤的。

解答　(B)

翻譯　提供進一步參考，建議會計人員在歸檔時，最好把重要檔案複製一份。

單字　further 進一步／ reference 參考／ advisable 建議的／ duplicate 複製／ file 歸檔

9. 填入名詞的題型

說明　當空格位於句首，後方句子含有動詞 have 時，應填入作主詞的名詞，因此答案為 (C) Applications。雖然動名詞 Applying 也可作主詞，但動名詞的意思與文意不符，而動詞或分詞不可作主詞用，(B)、(D) 也是錯誤答案。

解答 (C)

翻譯 祕書職位的申請，需要在下星期提交。

單字 application for 對~的申請／ secretary 祕書／ submit 提交

10. 填入名詞的題型

說明 及物動詞 receive 後方應填入名詞作受詞用，因此答案為 (D) compensation。而動詞 (A)、動名詞 (B)、過去分詞 (C) 皆不可作受詞用。

解答 (D)

翻譯 當員工在工作時受傷，公司就有義務賠償。

單字 mandatory 強制的／ compensation 賠償／ cover 處理／ injury 受傷／ at work 工作時

類型分析 3. 動詞

Unit 11. 主詞與動詞的一致性 ①

實戰演練 1

說明 詢問正確動詞的題型，要由「主動／被動－時態－主詞動詞一致性」的順序來解。不及物動詞 become 不具被動式，因此將 (B) 刪去。而此題中雖無特別提及時態問題，但由主詞 company 為單數來看，答案應為單數動詞 (D) has become。

解答 (D)

翻譯 自從該公司慎重挑選供應商以及專注於開發新的服務項目後，他們就成為了最有競爭力的食品批發商。

單字 competitive 有競爭力的／ distributor 批發商／ supply 供應／ concentrate on 專注於

實戰演練 2

說明 動詞 plan 以 to 不定詞作受詞，可推得空格後方 to participate 為 plan 的受詞，因此被動式 (D) 可刪去。題目中並未提及時態，只能由主詞動詞一致性解題，而本題主詞 Employees of Wowmart 為複數形，因此答案為複數動詞 (A) plan。

解答 (A)

翻譯 世界最大零售業之一 Wowmart 的員工們，打算參與反對下一季開始針對主要超市漲稅的罷工。

單字 retail corporation 零售業／ participate in 參加／ strike 罷工／ against 反對／ tax increase 增加稅收／ major 主要的／ start 開始／ quarter 季度

Unit 12. 主詞與動詞的一致性 ②

實戰演練 1

說明 當選項中同時出現 have 動詞與 be 動詞時，通常是詢問主動被動語態，或是單複數一致性的題型。但本題中四個選項皆無被動語態，可知是單純的一致性題型。由主詞 board members 為複數，可知答案為 (A) have。

解答 (A)

翻譯 只有董事會成員才能進入含有公司最重要祕密的數據庫。

單字 have access to 進入／ contain 包含

實戰演練 2

說明　此題旨在詢問何為正確動詞，可先將修飾語句圈出省略不看，再依序檢查「主動／被動－時態－主詞動詞一致性」。本題的修飾語句為關係子句 who is overseeing the construction project，忽略後可知空格後方有受詞 a sick leave，因此被動式 (A) 與非動詞的 (D) 可刪去。剩下的 (B) 為單數形，(C) 為複數形，主詞 manager 為單數，因此答案為 (B)。

解答　(B)

翻譯　監督建設案的經理請了病假，他三月二十一日到三十一日不在。

單字　oversee 監督／ sick leave 病假

Unit 13. 動詞的主動與被動式

實戰演練 1

說明　前方出現 will be，加上空格後方沒有受詞，可知答案為被動式 (C) closed。

解答　(C)

翻譯　Steak & Lobster Marble Arch 在重新裝修期間將暫時歇業。

單字　temporarily 暫時地／ while 當～的期間／ take place 發生

實戰演練 2

說明　填入正確動詞題型，由「主動／被動－時態－主詞動詞一致性」的順序解題。rise 為不及物動詞，不具被動式，加上主詞 stock price 為單數，因此答案為 (D) has risen。

解答　(D)

翻譯　由於 Ashley Printers 最新推出的多功能影印機，他們的股價可能上漲了。

單字　stock price 股價／ rise 上升／ due to 由於／ release 上市／ brand-new 新的／ various 多樣的／ function 功能

Unit 14. 句型 4 的被動式

實戰演練 1

說明　填入正確動詞題型，由「主動／被動－時態－主詞動詞一致性」的順序解題。空格後方若為「人物＋事物」，填入句型 4 動詞主動式，若無，填入被動式。而本題空格後方沒有連接「人物＋事物」，可知答案為 (D) were sent。

解答　(D)

翻譯　Walton's Warehouse 的電工們收到管理部部長寄來，與新程序有關的所有詳細資料。

單字　electrician 電工／ warehouse 倉庫／ detail 細節／ procedure 程序／ head 負責人

實戰演練 2

說明　填入正確動詞題型，由「主動／被動－時態－主詞動詞一致性」的順序解題。award（授與，賞賜）為句型 4 動詞，選擇 (C) awarded，搭配後方詞彙，意思為「獲得獎金」，語意上較為通順。

解答　(C)

翻譯　為了獎勵 MacDowell 女士對這個案子持續的貢獻，她獲頒了一份特別獎金。

單字　award 授與，賞賜／ in recognition of 褒獎／ constant 持續的／ contribution 貢獻

Unit 15. 句型 5 的被動式

實戰演練 1

說明　填入正確動詞題型，由「主動／被動－時態－主詞動詞一致性」的順序解題。句型 5 動詞 permit，以 to 不定詞作受詞補語，變化為被動語態 be permitted 後，後方保留 to 不定詞，因此可推得此處答案為被動式 (A) permitted。

解答　(A)

翻譯　沒有經理的許可，未被授權的員工不可以取得顧客的機密資料。

單字　unauthorized 未被授權的／ access 接近，存取／ confidential 機密的／ approval 許可

實戰演練 2

說明　填入正確動詞題型，由「主動／被動－時態－主詞動詞一致性」的順序解題。句型 5 後方應接續「受詞＋受詞補語」，但如果空格後方只剩單一名詞，可推論空格應為被動語態，因此答案為 (B) has been appointed。

解答　(B)

翻譯　年度最佳員工得主 Chris Jeong，被指派為企業溝通策略領域的主要負責人。

單字　winner 贏家／ leading 領導的／ authority 權威

Unit 16. 被動式＋介系詞慣用法

實戰演練 1

說明　空格位於 be 動詞與介系詞 on 之間，因此要找出與介系詞 on 搭配使用的過去分詞。本題答案為 (D) based。

解答　(D)

翻譯　加薪是根據員工的績效以及上司每兩個月提交一次的評估報告作調整。

單字　pay raise 加薪／ be based on 根據／ performance 實績，表現／ bimonthly 隔月的，每兩月一次／ evaluation 評估／ supervisor 上司

實戰演練 2

說明　雖然通常被動式的慣用組合題型，多以過去分詞出題，但不要忘記，也可能會有詢問「be ＋過去分詞＋ to」後方空格的題型出現。此時，若 to 為介系詞，後方應填入名詞／動名詞，若作不定詞，則填入動詞原形。此處的 to 作介系詞用，因此答案為 (B) promoting。

解答　(B)

翻譯　自從 Animal's Friends 成立以來，他們一直致力於在世界各地提倡保護動物的重要性，並且協助人們認養流浪狗。

單字　foundation 成立／ be committed to 致力於／ protection 保護／ worldwide 世界各地的／ adopt 認養／ abandoned 被丟棄的

類型分析 3. REVIEW TEST

1. 選出正確動詞的題型

說明　填入正確動詞題型，由「主動／被動－時態－主詞動詞一致性」的順序解題。空格後方未出現受詞，因此答案為 (B) are posted。

解答　(B)

翻譯　影印的操作方法貼在影印機上方，如果你需要任何協助，請撥打旁邊的電話號碼。

單字　instruction 操作方法／ make a copy 影印／ above 在上方／ dial 撥號／ next to 位於～的旁邊

2. 選出正確動詞的題型

說明　此題旨在填入正確的動詞，所以可以將名詞 (C) 刪除，而空格後方出現受詞 contracts，因此也可以將被動式 (A) 刪去。助動詞 must 後方須連接動詞原形，答案為 (D) sign。

解答　(D)

翻譯　在競爭對手主宰美國市場之前，這兩間公司必須簽下合約，加速合併完成。

單字　sign contract 簽合約／ expedite 加速完成／ merge 合併／ competitor 競爭對手／ dominate 支配

3. 選出正確動詞的題型

說明　填入正確動詞題型，由「主動／被動－時態－主詞動詞一致性」的順序解題。動詞 try 以 to 不定詞（to keep）作受詞，而本題空格後方出現了受詞，因此可將被動式 (C) 刪去。題目中沒有一定要填入動詞原形（be）的線索，(D) 也可刪除。主詞為複數 executives，刪去 (A) 之後，答案即為 (B) have tried。

解答　(B)

翻譯　產品管理的相關人員為了不落人後，不斷試著更新世界上最新的科技與趨勢資訊。

單字　executive 人員／ involved in 相關的／ keep up (to date) with 跟上／ get left behind 落後

4. 選出正確動詞的題型

說明　當句型 5 動詞 keep 變為被動式後，後方會保留形容詞補語（secure），因此答案為 (C) is kept。

解答　(C)

翻譯　我們向您保證聯絡資訊、身分證字號這類的敏感資料，一定會做妥善保管。

單字　assure 保證／ sensitive 敏感的／ such as 例如／ detail 細節／ secure 安全的／ with no exception 沒有例外

5. 選出正確動詞的題型

說明　由於空格後方並未出現受詞，因此答案為被動式 (A) are published。空格後方的 online 是副詞。

解答　(A)

翻譯　通常 John Harrison 的研究結果會刊登在網路上，而非期刊上。藉此，他可以即時獲得迴響，民眾也可以輕易地獲取資訊。

單字　publish 刊登，出版／ journal 期刊／ so that 以便／ prompt 即時的／ access 連接

6. 選出正確動詞的題型

說明　空格後方出現了受詞 beverages and a main dish，因此可刪去被動式 (B)、(D)，加上主詞為單數 meal，因此答案為 (C) includes。

解答　(C)

翻譯　提供給乘客的餐點包含了飲料與主食，並附上一份湯或沙拉，其他的選擇須加錢購買。

單字　meal 餐點／ serve 提供／ passenger 乘客／ beverage 飲料／ additional 追加的／ charge 費用

7. 選出正確動詞的題型

說明　此題旨在詢問句型 4 的正確語態，空格後方若為「人物＋事物」，填入句型 4 動詞主動式，若無，填入被動式。本題中，空格後方只出現事物（a discounted rate），因此答案為被動式 (D) have been offered。

解答　(D)

翻譯　那些中獎的人可以獲得我們飯店豪華套房的特惠價，以及兩張前往羅馬的來回票。

單字　randomly 隨機地／ by lot 抽中／ discounted 折扣的／ rate 價格／ in addition to 此外／ round-trip 往返

8. 選出正確動詞的題型

說明　由於空格後方並未出現受詞，因此答案為被動式 (B) are being ordered。

解答　(B)

翻譯　Playtime 發售的限定版玩具被世界各地的人訂購，而且在聖誕季的銷量狂漲。

單字　limited edition 限定版／ release 推出，上市／ sales volume 銷量／ extraordinarily 格外地／ rise 上升

9. 選出正確動詞的題型

說明　空格前方的動詞 agree，後方必連接 to 不定詞，因此答案由 (B)、(D) 中選擇，而後方出現受詞（their primary goals），因此選擇主動式 (D) examine。

解答　(D)

翻譯　他們都同意在兩週後的評估之前，先檢查一下他們的主要目標。

單字　agree 同意／ examine 檢查／ primary 主要的／ goal 目標／ evaluation 評估

10. 選出正確動詞的題型

說明　由於空格後方並未出現受詞，因此答案為被動式 (A) have been added。

解答　(A)

翻譯　因為人員不足，在期限前完成有些困難，所以 William 跟 Alice 這兩位新編輯加入了我們的部門。

單字　editor 編輯／ add 增加／ have difficulty -ing 於～方面有困難／ meet a deadline 準時完成／ due to 由於／ shortage 短缺

類型分析 4. 時態

Unit 17. 現在式

實戰演練 1

說明 句末出現了表現在的時間副詞 at the moment，因此答案為現在式 (B) are。

解答 (B)

翻譯 Francis Coast Hotel 所有三台客用電梯目前故障中。

單字 service elevator 客用電梯／ out of order 故障／ at the moment 現在

實戰演練 2

說明 空格前方出現了現在式中常用的副詞 often，因此答案為 (D) inquire。而 (A) inquires 為動詞單數形，不可搭配 customers 使用。

解答 (D)

翻譯 店裡的顧客經常詢問當日有什麼免費贈禮，以及要消費多少才能獲得贈禮。

單字 inquire about 詢問關於～／ spend 花費（時間、金錢）／ in order to 為了／ be eligible for 有資格～

Unit 18. 過去式

實戰演練 1

說明 從句首或句尾找出跟過去式相關的時間副詞。本題中，句尾出現了表過去的副詞 last year，因此答案為 (D) reached。

解答 (D)

翻譯 根據一些最近的調查結果，搭乘廉航公司 Delot Air 的乘客數量於去年創下最高峰。

單字 according to 根據／ recent 最近的／ result 結果／ low-cost airline 廉航／ reach 達到／ peak 巔峰

實戰演練 2

說明 有兩個子句的情況下，必須要讓主句與從屬子句的動詞時態保持一致。若從屬子句為過去式，則主句為過去或過去完成式，而本題並未出現過去完成式的選項，因此答案為過去式 (B) wanted。

解答 (B)

翻譯 儘管 Henry Kim 先生拿到了佛羅里達大學的工程學位，但他仍想要成為電影導演或是劇本作家。

單字 even though 儘管／ earn a degree 取得學位／ engineering 工程學／ work as 以～的身分工作

Unit 19. 未來式

實戰演練 1

說明 只有一句完整句子（主詞＋動詞）的情況下，從句首或是句尾尋找時態相關線索。本題句尾出現了表未來的副詞 next year，因此答案為 (D) will come。

解答 (D)

翻譯 技術支援組所修訂的指南，將會於明年生效。

單字 guideline 指南／ revise 修訂／ come into effect 生效

實戰演練 2

說明 只有一句完整句子（主詞＋動詞）的情況下，從句首或是句尾尋找時態相關線索。本題的句尾出現了表未來的副詞 shortly，因此答案為 (B) will participate。

解答 (B)

翻譯 許多臨時工都會去參加勞動部即將舉辦的就業博覽會。

單字 temporary 臨時的／ participate in 參加／ job fair 就業博覽會／ host 主辦／ the Ministry of Employment and Labor 勞動部／ shortly 即將

Unit 20. 現在完成式

實戰演練 1

說明 空格後方出現表一段期間的時間副詞（during the past three months），可知答案為現在完成式 (D) has ranked。

解答 (D)

翻譯 他最新的專輯 Feel Your Move with James，這三個月以來已經攻占了美國告示牌與英國金曲榜的第一名。

單字 rank at the top 排行第一名／ as well as 以及，也／ past 過去的

實戰演練 2

說明　由於空格後方連接「since ＋過去時間點（the company failed）」，因此答案為現在完成式 (B) has been suspended。

解答　(B)

翻譯　因為公司無法從 Tamia 的銀行帳戶扣款，她的信用卡就被停用了。

單字　credit card 信用卡／ suspend 停用／ fail to 無法去～／ withdraw 提領／ payment 支出／ bank account 銀行戶頭

Unit 21. 過去完成式

實戰演練 1

說明　主要子句使用了過去式 were informed，因此空格內須填入過去式或是過去完成式。而選項中並未出現過去式，因此答案為過去完成被動式 (D) had already been issued。

解答　(D)

翻譯　參加者被通知他們的證件已經發下來了。

單字　attendee 參加者／ inform 通知／ issue 發行

實戰演練 2

說明　副詞子句時態為過去式 turned，因此空格內須填入過去式或是過去完成式。而選項中並未出現過去式，因此答案為過去完成式 (B) had arrived。

解答　(B)

翻譯　Smart Connection 的銷售人員們早在國外買家班機現身的半小時前，就抵達國際機場準備迎接他們了。

單字　sales representative 銷售人員／ arrive 抵達／ welcome 迎接／ foreign 國外的／ half an hour 半小時／ turn up 現身

Unit 22. 未來完成式

實戰演練 1

說明　空格後方連接了「by the time ＋主詞＋動詞現在式（launches）」，因此答案為 (D) will have ended。

解答　(D)

翻譯　Fly Walk 舉辦的特別促銷活動，將在他們新的女性健走鞋款上市後結束。

單字　promotional 促銷的／ hold 舉辦／ launch 上市／ a new line of 新的，新款的

實戰演練 2

說明　空格前方為未來完成式 will have been solved，因此答案為 (A) by the time。

解答　(A)

翻譯　在下一季 JC Sesco 跟 Betty Patisserie 的協商談判結束後，某些部門的預算問題將會獲得解決。

單字　budget 預算／ solve 解決／ negotiation 協商／ come to an end 結束／ quarter 季度

Unit 23. 假設語氣

實戰演練 1

說明　If 子句句型為「If ＋主詞＋ had ＋過去分詞」時，即為過去完成假設語氣，因此主要子句須使用助動詞過去完成式（would / could have ＋過去分詞），答案為 (D) would have noticed。

解答　(D)

翻譯　如果當初海報貼在明顯的地方，就會有更多顧客注意到我們購物中心接下來的折扣活動。

單字　post 貼／ conspicuous 顯眼的／ notice 注意／ upcoming 即將到來的／ shopping complex 大型購物中心

實戰演練 2

說明　本題為 If 子句省略 If 的過去完成假設語氣（Had they fixed），因此空格須填入 (B) wouldn't have been。

解答　(B)

翻譯　要是當初他們及時修理了工地現場的重型機械，修繕成本就不會這麼高。

單字　fix 修理／ heavy machinery 重型機械／ construction site 工地現場／ repair cost 修繕成本／ costly 昂貴的

類型分析 4. REVIEW TEST

1. 選出現在式的題型

說明　副詞子句為「If ＋主詞＋____」，加上主要子句為未來式（will 動詞），可推得空格應填入現在式 (D) decides，其餘選項的時態都不正確。

解答　(D)

翻譯　如果音樂家決定租下市中心的 Luise Concert Hall，她將獲得折扣價以及額外的時數。

單字　decide 決定／ situate 位於／ downtown 市中心／ reduced 減少的／ additional 額外的

2. 選出過去式的題型

說明　出現兩個子句時，彼此的動詞要達到時態一致。後方子句動詞為過去式 heard，因此主要子句時態應為過去式或過去完成式，而選項中沒有過去完成式，所以答案為過去式 (D) gathered。

解答　(D)

翻譯　當行政小組的某些人員聽到最終草案可能有修改後，他們立即聚在一起討論可能出現的變動。

單字　administrative 行政的／ gather 集合／ discuss 討論／ as soon as 一～就～／ final draft 最終草案／ modify 修正

3. 選出現在式的題型

說明　題目為單句（主詞＋動詞）的情況下，從句首、句尾或是空格前後方尋找時態相關線索。本題空格前方出現了現在式中常見的副詞 usually，因此答案為 (B) commute。

解答　(B)

翻譯　儘管油價非常高，但比起搭乘大眾交通工具，新加坡的公務人員比較常開自家車通勤。

單字　city official 公務員／ commute 通勤／ public transportation 大眾運輸工具／ in spite of 儘管／ extremely 非常

4. 選出過去式的題型

說明　有兩個子句的情況下，必須要讓主句與從屬子句的動詞時態保持一致。由於動作是發生在「移除不必要的標籤」之前，因此主要子句時態為過去完成式，副詞子句便為過去式 (B) found。

解答　(B)

翻譯　檢查期間，在稽察人員發現以前，貨物上不必要的標籤就已經被移除了。

單字　unnecessary 不必要的／ label 標籤／ shipment 貨物／ remove 移除／ inspector 檢查人員／ during 在～的期間／ examination 檢查

5. 假設語氣過去式的題型

說明　前一句為假設語氣過去式（If you were to call）的情況下，主要子句也應使用過去式，因此答案為 (A) would give。

解答　(A)

翻譯　如果您今天一早有打電話到房仲公司，Taylor 先生就會帶您參觀物件以及附近的設施。

單字　real estate 房地產／ early 一早／ give~ a tour 帶～導覽／ property 物件／ nearby 附近的／ facility 設施

6. 選出未來式的題型

說明　題目為單句的情況下，從句首或句尾尋找時態相關線索。本題句尾出現了表未來的副詞 next week，因此答案為 (C) will rehearse。

解答　(C)

翻譯　為了準備新雷射印表機的示範操作，員工們將會在下週彩排。

單字　prepare for 準備／ demonstration 示範操作／ representative 代表人，職員／ rehearse 彩排

7. 選出過去式的題型

說明　題目為單句的情況下，從句首或句尾尋找時態相關線索。首先，本題空格後方不含受詞，因此由被動式的 (B)、(D) 中擇一，而句首出現了表過去的副詞 three weeks ago，所以答案為 (D) was installed。

解答　(D)

翻譯　大概三週前，所有電腦都安裝了特別訂製的防毒軟體，以防止中毒。

單字　ago ～之前／ designed 設計的，訂製的／ security 安全性／ install 安裝／ get infected with 被感染

8. 選出過去完成式的題型

說明　出現兩個子句時，彼此的動詞要達到時態一致。而填入正確動詞題型，由「主動／被動－時態－主詞動詞一致性」的順序解題。本題空格後方不含受詞，因此由被動式 (A)、(B) 中擇一，而主要子句中為過去式 informed，可知答案為過去完成式 (A) had been booked。

解答　(A)

翻譯　工作人員通知參加人士，向企業家免費諮詢的講座報名比預期來得更快額滿。

單字　inform 通知／ participant 參與者／ consultation 諮詢／ business leader 企業家／ book 預約／ expect 預期

9. 假設語氣過去完成式的題型

說明　此題的 If 子句為過去完成式（If Ms. Turner had checked），因此空格也應為過去完成式，答案為 (B) wouldn't have attended。

解答　(B)

翻譯　如果 Turner 女士事先確認天氣情況，她就不會在下雪天去參加辦在 Rosa County 的戶外跳蚤市集了。

單字　check 確認／ weather condition 天氣狀況／ ahead of time 事先／ outdoor 戶外的／ flea market 跳蚤市場／ snowy 下雪的

10. 選出未來完成式的題型

說明　前面子句的句型為「By the time ＋主詞＋動詞現在式（is）」，可知答案應為未來完成式 (B) will have performed。

解答　(B)

翻譯　到音樂劇 The Titanic 三十分鐘的中場休息前，演員們已經表演了一小時。

單字　intermission 中場休息／ perform 表演

類型分析 5. 形容詞

Unit 24. 形容詞擺放的位置

實戰演練 1

說明　be 動詞後方應填入形容詞作補語，因此答案為 (D) exclusive。

解答　(D)

翻譯　因為這篇由 Janet Ayre 所撰寫，關於總統大選的獨家報導，預計會吸引比以往更多的讀者到網站瀏覽。

單字　presidential election 總統選舉／ exclusive 獨家的／ be expected to 預期／ draw 吸引

實戰演練 2

說明　名詞 booklet 前方可填入形容詞，因此答案為 (B) informative。多益考題中，當選項同時出現形容詞與分詞時，答案大多為形容詞。

解答　(B)

翻譯　一本資訊豐富的小冊子，會告訴你有關獎學金、學費以及交換學生相關事宜，並且提供新生很多幫助。

單字　informative 提供資訊的／ scholarship 獎學金／ tuition 學費／ exchange student 交換學生／ helpful 有助益的

Unit 25. 形容詞的形態

實戰演練 1

說明　名詞 clients 前方應填入形容詞，因此以形容詞語尾 -ial 作結的 (D) potential 為答案。另外，potential 也可作名詞用。

解答　(D)

翻譯　這次戶外活動的目的，是為了讓潛在客戶有機會試用到我們新的化妝品並提供回饋。

單字　purpose 目的／ outdoor 戶外的／ potential 有潛力的／ client 客戶／ try 嘗試／ cosmetic 化妝品／ feedback 意見回饋

實戰演練 2

說明　be 動詞（is）後方為形容詞的位置，因此以形容詞語尾 -ent 作結尾的 (B) prevalent 為答案。

解答　(B)

翻譯　出差的所有花費要在提交收據後，才能拿到公司請款的流程，現在很普遍。

單字 process 流程／ reimburse 償還／ business travel 出差／ expense 費用／ receipt 收據／ submit 提交／ prevalent 普遍的，盛行的

Unit 26. 形容詞＋名詞常見組合

實戰演練 1

說明 適合搭配空格後方名詞 damage 的選項為形容詞 (D) extensive。extensive damage 意為「大規模的損害」，此外也常與 evaluation（評價）、training（訓練）、knowledge（知識）、experience（經驗）、selection（選項）、public transportation system（大眾運輸系統）等名詞，一同出現於考題中。

解答 (D)

翻譯 昆士蘭州這場破紀錄的大雨，也導致了該區住宅以及大量農舍遭受大規模的損害。

單字 record-breaking 破紀錄的／ result in 導致／ residential area 住宅區

實戰演練 2

說明 適合搭配空格後方名詞 price 的選項為形容詞 (B) affordable。affordable 意思為「可負擔的，價格低廉的」，常與價格（rate、price）這類的名詞搭配出現。

解答 (B)

翻譯 AOS 購物中心能夠在 Maple 大街成為最棒商場的其中一個原因，是因為顧客能在那裡以低廉的價格買到高品質的商品。

單字 reason 理由／ purchase 購買／ high-quality 高品質的／ goods 商品／ affordable 可負擔的

Unit 27. 形容詞＋介系詞常見組合

實戰演練 1

說明 適合搭配空格後方介系詞 to 的形容詞選項為 (B) accessible。(A) 與 (C) 適合搭配的是 to 不定詞。

解答 (B)

翻譯 一些像是客戶名單或是財務報表等機密文件，只有相關負責人員才能取得。

單字 confidential 機密的／ such as 如同／ financial statement 財務報表／ accessible 可取得的／ in charge 負責

實戰演練 2

說明 適合搭配空格後方介系詞 with 的形容詞為 comparable，be comparable with 意思為「可比較的」，因此 (D) comparable 為正確答案。

解答 (D)

翻譯 經過長期的持續努力，GNS Health 的品牌力現在可以跟澳洲的競爭對手相抗衡了。

單字 continuous 持續的／ effort 努力／ period 期間／ competitor 競爭對手

類型分析 5. REVIEW TEST

1. 選出正確形容詞的題型

說明 形容詞 comprehensive 的意思為「大範圍的，綜合的」，常與名詞 knowledge（知識）、interview（面試）、summary（總結）等搭配出現，因此答案為 (B)。(A) 為「義務的」，(C) 為「各自的」，(D) 為「優雅的」。

解答 (B)

翻譯 考慮到 Anna Paulson 女士的知識淵博又有四年經歷，她會是最適合這份業務部職缺的人。

單字 considering 考慮到／ comprehensive 大範圍的／ knowledge 知識／ experience 經驗／ be suited for 適合／ open position 職缺／ Sales 業務部

2. 選出正確形容詞的題型

說明 複合名詞 shipment date 前方可填入形容詞，因此答案為 (B) exact。而 (A) 副詞、(C) 分詞、(D) 名詞都不適合填入此空格中。

解答 (B)

翻譯 物流公司最重要的事在於準時取貨及送貨，並且於運送包裹期間不可有任何損壞或遺失。

單字 top priority 第一順位／ shipping company 物流公司／ exact 準確的／ date 日期／ parcel 包裹／ breakage 損壞／ loss 遺失

3. 選出正確形容詞的題型

說明 名詞 qualification 前方應填入形容詞，因此將 (C) 刪去，而 (A)、(D) 主要用於形容事物，(B) 則主要形容人物，因此由 (A)、(D) 中擇一，就文意來看 (A) impressive 較為合適。

解答 (A)

翻譯 人事部長目前正在尋求擁有優秀條件，並且願意臨時出差的人選。

單字 currently 目前／ seek 尋求／ candidate 候選人／ impressive 印象深刻的／ qualification 資格條件／ willingness 意願／ on short notice 臨時通知

4. 選出正確形容詞的題型

說明 先忽略空格前方副詞 more 再解題，可知 be 動詞後方應填入作補語的形容詞，因此答案為 (D) creative。而 (A)、(B) 為名詞，(C) 為動詞，都不適合填入。

解答 (D)

翻譯 Ailack 研究室所得出的研究結果顯示，短暫休息後的員工比沒休息的員工更有創意。

單字 result 結果／ conduct 進行／ take a break 休息／ creative 有創意的

5. 選出正確形容詞的題型

說明 適合搭配空格後方介系詞 to 的形容詞選項為 (A) integral，be integral to 意思為「對～是不可或缺的」。另外，(C)、(D) 接續的是 to 不定詞。

解答 (A)

翻譯 每次當你要用手機轉帳時，務必要確認應用程式的安全性，避免被駭的問題。

單字 transfer 轉帳／ be integral to 對～是不可或缺的／ prevent 預防／ hacking 駭入

6. 選出正確形容詞的題型

說明 適合搭配空格後方介系詞 with 的形容詞為 (C) associated，be associated with 意思為「相關的」。(A) 為「準時的」，(B) 為「具體的」，(D) 為「等同的」。

解答 (C)

翻譯 許多公司調降薪資以及失業率升高，可能跟該國近來與澳洲的貿易政策失敗有關聯。

單字 wage cut 減薪／ firm 公司／ rising 上升的／ unemployment rate 失業率／ be associated with 相關的／ failure 失敗

7. 選出正確形容詞的題型

說明 名詞 supervisor 前方應填入形容詞，因此答案為 (B) immediate。

解答 (B)

翻譯 如果有員工這個月想請有薪假，請到公司網路上下載必填的表格，完成後寄郵件給你的直屬上司。

單字 paid leave 有薪假／ necessary form 必填的表單／ intranet 內部網路／ immediate 直屬的，立即的／ supervisor 上司

8. 選出正確形容詞的題型

說明 適合搭配空格後方介系詞 with 的形容詞為 (A) faced。(B) 為「官方的」，(C) 為「連續的」，(D) 為「標示的」。

解答 (A)

翻譯 儘管事實上 TLS Agency 正面臨財務困難，但他們仍在主要入口網站積極廣告 TLS Turbo。

單字 despite 儘管／ fact 事實／ be faced with 面臨到／ financial 財務的／ advertise 廣告／ aggressively 積極地

9. 選出正確形容詞的題型

說明 be 動詞後方應填入形容詞補語，因此答案為 (B) complete。請記住，complete 不只可當動詞，也可當形容詞。

解答 (B)

翻譯 大部分職員都會出席的公司野餐會，所有準備將會比我們預期的更快完成。

單字 arrangement 準備／ be supposed to 應該會／ complete 完成的／ sooner than 比～快／ estimate 預估

10. 選出正確形容詞的題型

說明 適合搭配空格後方介系詞 about 的形容詞為 (D) optimistic，be optimistic about 意思為「對～感到樂觀」。(A) be aware of 為「意識到」，(B) be complete with 為「具有」，而 (C) be proficient in 為「精通於」。

解答 (D)

翻譯 不像大多數教授主張現在時機不對，一些市場專家仍對投資中東抱持著樂觀態度。

單字 unlike 不像／ argue 主張／ timely 適時的／ market expert 市場專家／ optimistic 樂觀的／ Middle East 中東／ investment 投資

類型分析 6. 副詞

Unit 28. 副詞擺放的位置 ①

實戰演練 1

說明 be 動詞與過去分詞間的空格應填入副詞 (C) conveniently。

解答 (C)

翻譯 幸好，我們的飯店離車站很近，有利於我們轉車，就不用擔心塞車問題了。

單字 fortunately 幸運地／ conveniently 方便地／ be located 位於／ transfer 轉車／ traffic jam 塞車／ convenient 方便的／ convenience 便利／ inconvenient 不方便的

實戰演練 2

說明 動詞前方單一空格內，適合填入副詞 (B) eventually。

解答 (B)

翻譯 雖然我們一直很擔心公司的現況，但隨著國家整體經濟穩定，公司最終也會穩定住的。

單字 concern 擔心／ current 現在的／ stabilize 穩定／ eventually 最終／ eventual 最後的／ eventuality 可能性／ eventuate 最終導致

Unit 29. 副詞擺放的位置 ②

實戰演練 1

說明 「現在分詞（emerging）＋名詞（real estate market）」前方空格應填入副詞 (D) rapidly。

解答 (D)

翻譯 透過不動產投資團隊的幫助，他正在投資一處新興的不動產市場。

單字 real estate 不動產／ investment 投資／ rapidly 急速地／ emerging market 新興市場／ rapidity 快速／ rapid 很快的

實戰演練 2

說明 「形容詞（new）＋名詞（luxury apartment complexes）」前方空格應填入副詞 (B) relatively。

解答 (B)

翻譯 該市的都市發展局提出，以相對新穎又豪華的公寓社區，來吸引其他地方民眾入住的想法。

單字 urban 都市的／ come up with 提出／ lure 吸引／ relatively 相對地／ related 相關的／ relation 關聯性／ relative 親戚

Unit 30. 常見副詞 ①

實戰演練 1

說明 「數字（six）＋名詞（years）」前方應填入 (C) more than。

解答 (C)

翻譯 他的公司在新加坡做生意已經超過六年，這對他自己的電子商務生意有很大幫助。

單字 do business 做生意／ e-commerce 電子商務

實戰演練 2

說明 「數字（20）＋名詞（participants）」前方應填入 (D) up to。up to 意思為「至多」，furthermore 意思為「此外」，而 at times 為「偶爾，有時候」。

解答 (D)

翻譯 我們真的非常抱歉在此通知您，一千名申請者中，我們最多只會選出二十名來參加這個計畫。

單字 truly 真的，真心地／ inform 通知／ applicant 申請者／ participant 參與者／ take part in 參加

Unit 31. 常見副詞 ②

實戰演練 1

說明 空格應填入連接副詞，因此可將 (A) 介系詞、(C) 連接詞刪去。前方子句「我們業務團隊在上週創下了驚人紀錄」的相關結論內容，在空格後方出現「董事長將會指定我們為年度最佳團隊」，可知答案為 (D) Moreover。

解答 (D)

翻譯 我們業務團隊在上週創下了驚人紀錄，而且董事長將會指定我們為年度最佳團隊。

單字 set a record 創下紀錄／ remarkable 驚人的／ designate A as B 將 A 指定為 B

實戰演練 2

說明 分號（;）與逗號（,）間，應填入連接副詞，因此可將連接詞 (A)、(C) 刪去，而就文意來看，前後句有對比的意思，因此答案應為 (B) otherwise。

解答　(B)

翻譯　最好事先打通電話到保全部門，否則你可能要過好幾天才能拿到門卡。

單字　security 保全／ in advance 事先／ pass card 門卡

Unit 32. 常見副詞 ③

實戰演練 1

說明　表否定字彙（not）前方的空格，應填入 (C) still。

解答　(C)

翻譯　委員會還沒決定 Jenkins 先生是否可以升職。

單字　whether or not ～是否／ promote 升職

實戰演練 2

說明　have 與 to do 間的空格應填入 (B) yet。

解答　(B)

翻譯　全員大會再幾小時就要開始了，但仍有幾組團隊尚未針對會議的事項做任何調查。

單字　general meeting 全員大會／ have yet to do 尚未做／ session 會議／ agenda 待辦事項

Unit 33. 常見副詞 ④

實戰演練 1

說明　normally、usually、generally、often 等等副詞，常與現在時態搭配使用。本題空格後方為動詞現在式，可知答案為 (B) normally。

解答　(B)

翻譯　普遍來說，員工們在作業系統上遇到變化時，就算明明不是突如其來的變化，還是會感到混亂。

單字　normally 普遍來說／ confusion 混亂／ suddenly 突然

實戰演練 2

說明　適合搭配空格後方表理由介系詞（due to）的副詞為 (D) mainly。

解答　(D)

翻譯　公司能夠成功，主要歸功於總裁的哲學，也就是對公司產品品質不斷的堅持。

單字　mainly 主要／ due to 由於／ philosophy 哲學／ constant 持續的／ persistence 堅持

類型分析 6. REVIEW TEST

1. 選出正確副詞的題型

說明　形容詞 unavailable 前方的空格應為副詞 (A) permanently。

解答　(A)

翻譯　對於您所要求的特定服務項目已經永不提供一事，我們在此致上誠摯的歉意。

單字　truly 真心地／ particular 特定的／ permanently 永久地

2. 選出正確副詞的題型

說明　「be 動詞＋____＋過去分詞（recommended）」的句型中，空格應填入副詞。然而本題的四個選項皆為副詞，因此需要一個一個由文意來推論。is highly recommended 表示「強烈推薦的」，是常見用法，可知答案應為 (D) highly。

解答　(D)

翻譯　這個產品強烈推薦給每週都需要新鮮食材的人。

單字　highly 非常／ recommend 推薦／ ingredient 材料

3. 選出正確副詞的題型

說明　「動詞（hired）＋受詞（her）」後方空格可填入副詞，因此答案為 (C) immediately。

解答　(C)

翻譯　Rouja 先生讀完那位女士的履歷以及推薦信後，便立即僱用了她。

單字　resume 履歷／ letter of recommendation 推薦信／ immediately 立即

4. 選出正確副詞的題型

說明　副詞 only 可用來強調介系詞片語（for card purchases），因此本題答案為 (B) only。(A) 用來修飾形容詞或副詞，(C) 用來搭配過去分詞，而 (D) 則主要置於形容詞之前。

解答　(B)

翻譯　由於政府新制定的法規，我們提供信用卡消費的退稅服務。

單字　tax refund 退稅／ purchase 購買／ due to 由於／ legislation 規定／ enact 制定

5. 選出正確副詞的題型

說明　動詞 agreed 前方空格應填入副詞 (B) originally。

解答　(B)

翻譯　上述的合約寫道，公司原本同意全面反映所有董事會成員的意見，來平衡管理。

單字　originally 起初／ lead 帶領／ balanced 平衡的／ extensively 廣泛地／ board member 董事會成員

6. 選出正確副詞的題型

說明　否定句前方空格應填入 (D) still。

解答　(D)

翻譯　業界中還有幾間公司仍尚未從上個月員工的罷工中恢復。

單字　several 幾個／ still 仍然／ recover 恢復／ walkout 罷工

7. 選出正確副詞的題型

說明　分號（;）與逗號（,）間，應填入連接副詞，因此可將連接詞 (A)、(D) 刪去，就文意來看，前後句有對比的意思，因此答案應為 (B) however。

解答　(B)

翻譯　公司打算於今年上市，然而，很少有像這樣架構的公司可以成功的。

單字　go public 上市／ structure 架構

8. 選出正確副詞的題型

說明　空格位於量詞 half 前方，因此答案應為 (B) nearly。

解答　(B)

翻譯　由於紐約 2017 年的大罷工，一直到去年為止，我們仍有一半的市占率被凍結。

單字　due to 由於／ strike 罷工／ nearly 將近／ market share 市占率

9. 選出正確副詞的題型

說明　空格後方使用了表對照的連接詞 but，所以應該要選出與 now 有對照關係的副詞，加上空格前方使用過去時態 was，可知答案應為 (B) previously。

解答　(B)

翻譯　以前程式要下載或上傳都很容易，但現在因為更改後的盜版政策，人們想要一鍵下載是不可能的。

單字　previously 先前／ piracy 盜版

10. 選出正確形容詞的題型

說明　空格應填入連接副詞，因此可先將連接詞 (A) 刪去，而空格後方句子為前方句子結論的情況下，答案應為 (C) Therefore。

解答　(C)

翻譯　目前，該職缺已經被永久指派給一個合適人選了。因此，在進一步通知以前，不會再有任何人員招募。

單字　position 職缺／ permanently 永久地／ assign to 指派給／ well-qualified 符合資格的／ therefore 因此／ recruitment 招募／ further notice 進一步通知

類型分析 7. 代名詞

Unit 34. 代名詞擺放的位置 ①

實戰演練 1

說明　及物動詞 prevent 後方應填入受格 (D) him。

解答　(D)

翻譯　為了試圖防止他出境，他的護照被警員沒收了。

單字　confiscate 沒收／ attempt 企圖／ prevent A from -ing 防止 A ～

實戰演練 2

說明　「own ＋名詞（jobs）」前方空格應為所有格 (B) their。

解答　(B)

翻譯　員工在他們自己的工作上，能夠將目光放遠。

單字　look beyond 看得遠

Unit 35. 代名詞擺放的位置 ②

實戰演練 1

說明　be 動詞（was）後方，可填入所有格代名詞 (D) ours，ours 在此代指 accommodation service。而 be 動詞後方為補語，因此主格 (A)、受格 (B) 與所有格 (C) 都不可填入。

解答　(D)

翻譯　顧客覺得更有吸引力的是我們的住宿服務，因為我們有提供免費早餐。

單字　accommodation 住宿／ attractive 有吸引力的／ provide 提供

實戰演練 2

說明　空格處應填入主詞，因此答案為所有格代名詞 (B) theirs，theirs 在此代指 their products。(A) 受格、(C) 所有格以及 (D) 反身代名詞，都不可作主詞用。

解答　(B)

翻譯　公司試著搶在競爭對手前頭開發新產品，但他們的新產品早就上市了。

單字　launch 上市

Unit 36. 反身代名詞

實戰演練 1

說明　如果將空格刪去，句型依然完整（we should move the office equipment），那麼該空格百分之百為反身代名詞，因此答案為 (D) ourselves。

解答　(D)

翻譯　當我們搬去新辦公室時，所有員工都決定應該要自己搬辦公設備。

單字　decide 決定／ move 搬移

實戰演練 2

說明　將空格刪去，句型依然完整（The company prohibits its employees），因此答案為 (B) themselves。

解答　(B)

翻譯　公司禁止他們的員工自己嘗試修理電子產品。

單字　prohibit 禁止／ attempt 試圖／ repair 修理

Unit 37. 不定代名詞 ①

實戰演練 1

說明　most 搭配句型為「of the ＋可數名詞複數／不可數名詞」，而本題空格後方為 of the employees，因此答案為 (D) Most。形容詞 (A) 無法作代名詞用，而 (B) 與 of the 後方的名詞 employees 未達到單複數一致性。(C) 的搭配句型為「of the ＋名詞複數＋單數動詞」，然而題目的動詞為複數形 have，未達到單複數一致性。

解答　(D)

翻譯　我們公司大部分員工都擁有高學歷。

單字　education 教育

實戰演練 2

說明　首先，要先掌握到本題為「there ＋動詞＋主詞」的句型，可知空格應填入主詞，而後方動詞為複數形 were，因此答案應為複數名詞。none 可作單數也可作複數，答案即為 (D) none。(A)、(C) 皆為單數，而 no 為形容詞，不可作主詞用。

解答　(D)

翻譯　他開會又遲到了，所以會議結束後已經沒有半個他的同事。

單字　late 遲到的

Unit 38. 不定代名詞 ②

實戰演練 1

說明 複數名詞 branch offices 前方空格應填入 (D) other。

解答 (D)

翻譯 員工們可以到位於海外的其他分公司，獲取各種豐富經驗。

單字 branch office 分公司／ locate 位於／ overseas 海外／ a variety of 各種的

實戰演練 2

說明 單數名詞 organization 前方空格應為 (B) another。

解答 (B)

翻譯 實習會拓展你在該領域的知識，而且會幫助你在別的組織裡表現活躍。

單字 broaden 拓展／ knowledge 知識／ field 領域／ active 活躍的／ organization 組織

Unit 39. 其他常見代名詞

實戰演練 1

說明 空格後方句型為「of the ＋複數名詞（employees）」，因此答案為複數代名詞 (D) Some。單複數皆可使用 some，而 (A)、(B)、(C) 只能用於單數。

解答 (D)

翻譯 有些員工要求在這個夏天休假。

單字 request 要求／ time off 休假

實戰演練 2

說明 of the 後方名詞為複數（products），可知答案應為複數代名詞 (B) most。單複數皆可使用 most，而 (A) 須用於不可數名詞，(C) 後方不含 the，句型為「plenty of ＋名詞」，(D) 則為副詞，不可作代名詞。

解答 (B)

翻譯 在當時，公司大部分產品都是在國內製造的。

單字 manufacture 製造／ domestically 國內

類型分析 7. REVIEW TEST

1. 選出正確代名詞的題型

說明 動詞為單數形 has，因此答案應為 (D) either。空格前方出現連接詞 if，不可接續連接詞 (A)，而 (B) 為副詞。

解答 (D)

翻譯 如果您的電話號碼或電子信箱有變更，請告知我。

單字 email address 電子信箱／ change 改變

2. 選出正確代名詞的題型

說明 名詞 presentation 前方應填入所有格 (D) their。

解答 (D)

翻譯 偶爾會出現員工在台上報告時，不太能夠表達自己意見的情況。

單字 situation 情況／ have difficulty -ing 對～感到困難／ express 表達

3. 選出正確代名詞的題型

說明 「old ＋名詞（staff）」前方應填入所有格 (B) their。

解答 (B)

翻譯 當公司度過財務難關後，又重新僱用了老員工們。

單字 hire 僱用／ financial 財務的

4. 選出正確代名詞的題型

說明 動詞 admitted 前方應為主詞，因此答案為主格 (A) he。

解答 (A)

翻譯 他不想放棄這個企劃，但他承認他無法在月底前完成。

單字 give up 放棄／ admit 承認

5. 選出正確代名詞的題型

說明 及物動詞 help 後方應填入受格 (C) them。

解答 (C)

翻譯 經理一直以來都很想盡全力幫助他們。

單字 be eager to 渴望去～

6. 選出正確代名詞的題型

說明　前面提及了總共數量（two），加上後方為動詞單數形 was，可推得答案應為 (B) the other。

解答　(B)

翻譯　新產品的兩款樣板中，一個不合格，但另外一個可以販賣。

單字　prototype 樣板／ disqualified 不合格的／ qualified 合格的

7. 選出正確代名詞的題型

說明　be 動詞（is）後方的補語，可填入所有格代名詞，因此 (A) hers 為答案。而 be 動詞後方不可接受格 (B)、主格 (C) 以及反身代名詞 (D)。

解答　(A)

翻譯　當 Mary 結束課程後，除了她自己保管的釘書機之外，其他辦公用具都必須歸還。

單字　office equipment 辦公用具／ stapler 釘書機

8. 選出正確代名詞的題型

說明　空格位於修飾語 who 前方，答案為 (C) those，those who 意思為「那些～的人」。

解答　(C)

翻譯　一直以來，上晚班的人的薪水都比那些上早班的人高。

單字　consistently 持續地／ night shift 晚班／ day shift 早班

9. 選出正確代名詞的題型

說明　主詞為複數，因此答案為複數代名詞 (B) Most。單複數皆可使用 most，而 (A)、(C)、(D) 只能用於單數。

解答　(B)

翻譯　大部分員工都同意他們應該要針對顧客抱怨的事，另外開個會。

單字　agree 同意／ another 另一個／ complaint 抱怨

10. 選出正確代名詞的題型

說明　「of the ＋複數名詞（candidates）＋動詞單數形（is）」句型前方應填入 (A) Each。(B) 句型應為「Most of the ＋複數名詞＋動詞複數形」，而 (C) 為形容詞，不可作代名詞用，(D) 句型則為「of the ＋不可數名詞」。

解答　(A)

翻譯　每位應徵者都要跟五位人事部面試官進行面談。

單字　candidate 候選人

類型分析 8. 介系詞

Unit 40. 介系詞擺放的位置

實戰演練 1

說明　動名詞 getting 前方應填入介系詞 (D) without，而副詞 (A)、連接詞 (B) 與 (C) 都不可填入空格內。

解答　(D)

翻譯　他沒有體檢過，不得申請該職位。

單字　medical examination 健康檢查

實戰演練 2

說明　作受詞的名詞（the other members）前方應填入介系詞，答案為 (B) like。而 (A)、(C)、(D) 皆為副詞。

解答　(B)

翻譯　她想要對顧客親切一點，就像業務部的其他成員。

單字　friendly 親切的／ Sales Department 業務部

Unit 41. 時間介系詞

實戰演練 1

說明　日期（September 10）前方空格應為 (D) on。(A)、(B) 用於期間，而 (C) 不會跟日期搭配使用。

解答　(D)

翻譯　所有應徵者必須在九月十日時提交他們的申請表單給人事部。

單字　submit 提交／ application form 申請表單

實戰演練 2

說明　「since ＋過去時間點（last year）」常與現在完成式（have been working）搭配使用，因此答案為 (B) since。

解答　(B)

翻譯　從去年開始，他們已經在公司工作一年了。

單字　work at 在～工作

Unit 42. 地點介系詞

實戰演練 1

說明　空格後方為地點 the country，可知答案應為 (D) throughout。(A) 也是地點介系詞，意思為「在～旁邊」。

解答　(D)

翻譯　像餐廳、飯店這類事業體，現在全國到處可見。

單字　common 常見的／ sight 景觀

實戰演練 2

說明　空格後方為地點 the firm，因此選擇 (B) within。

解答　(B)

翻譯　那些想要在公司內轉到不同小組的人，被要求得先徵詢過他們的上司。

單字　transfer 調職／ different 不同的／ supervisor 上司

Unit 43. 片語介系詞

實戰演練 1

說明　空格後方出現動名詞，因此副詞 (C) 是錯誤答案，而介系詞 (A)、(B)、(D) 中，由文意上來看，填入意思為「除此之外」的 (A) in addition to 後，「除了建設環保設施之外，BICCO 中心還監控所有建築內的能源使用」較為通順。

解答　(A)

翻譯　除了建設環保設施之外，BICCO 中心還監控所有建築內的能源使用。

單字　in addition to 除了～之外／ build 建設／ environmentally friendly 環保的／ monitor 監控／ energy usage 能源使用

實戰演練 2

說明　名詞片語（the new overseas expansion project）前方應填入介系詞，可刪去連接詞 (B)、(D)。填入 (C) owing to 後，「因為新的海外拓展計畫，打算找精通雙語的人才」的文意較為符合。

解答　(C)

翻譯　為了新的海外拓展計畫，公司目前正在找尋精通英文和西班牙文的雙語人選。

單字　currently 目前／ seek 尋求／ applicant 應徵者／ bilingual 精通雙語的／ overseas 海外／ expansion 擴張

Unit 44. 常見介系詞組合

實戰演練 1

說明　at all times 為常見介系詞組合，意思為「隨時，永遠」，因此答案為 (D) at。

解答　(D)

翻譯　經理教育員工時常說道：「必須隨時盡全力去滿足顧客。」

單字　do one's best 盡全力

實戰演練 2

說明　interfere 後方可連接 in 與 with，但要分清楚使用時機。interfere in 表示「干涉某人做某事」，而 interfere with 則是「以某事來干擾某人」，因此本題答案應為 (B) in。

解答　(B)

翻譯　他向經理抱怨她一直在妨礙他的企劃，並且要求她停止。

單字　complain 抱怨／ interfere 干涉

類型分析 8. REVIEW TEST

1. 選出正確介系詞的題型

說明　精確的時間點（7 o'clock）前方應填入 (D) at。(A)、(C) 用於期間，而 (B) 則用於日期或星期。

解答　(D)

翻譯　所有員工都被要求參加七點討論新企劃案的會議。

單字　attend 參加／ in order to 為了／ discuss 討論

2. 選出正確介系詞的題型

說明　用於空間中某處或是地點（auditorium）的介系詞，選擇 (B) in。

解答　(B)

翻譯　除了留給演講者的第一排跟第二排空位之外，員工們可以隨意選擇演講廳的位置入座。

單字　row 排／ reserve 保留／ choose 選擇／ auditorium 演講廳

3. 選出正確介系詞的題型

說明　星期（Monday）的前方應選擇介系詞 (B) on。

解答　(B)

翻譯　關於更好的員工福利的公司新政策，將於週一開始實施。

單字　application 應用／ policy 政策／ benefit 福利

4. 選出正確介系詞的題型

說明　前有表持續的動詞 remain，後方連接時間 next week，可知答案應為介系詞 (C) until。(A) 與表完成的動詞搭配使用，(B) 用於精確的時間點，而 (D) 則用於表開始的時間。

解答　(C)

翻譯　經理即將被調到新的職位，但他會待在業務部直到下週為止。

單字　replace 取代／ remain 留下

5. 選出正確介系詞的題型

說明　後方接續地點名詞 the seat，加上由文意來看，應為「在～之下」，因此選擇 (D) under。(C) 的情況，若是 next to 就可以使用。

解答　(D)

翻譯　當你搭機前往海外分公司時，你所有的行李必須放在前方椅子底下。

單字　take a flight 搭機／ store 保管／ in front of 在～前面

6. 選出正確介系詞的題型

說明　具體地點，特別是專有名詞（公司、團體、門牌地址、建築）前方，須使用介系詞 at，因此答案為 (D)。

解答　(D)

翻譯　我們公司將會在 Walden 廣場設立第三間分店，這將會是那區最大的貿易公司建築。

單字　open 開業／ branch 分店

7. 選出正確介系詞的題型

說明　期間（the next two weeks）前方介系詞應填入 (A) within。(B) 適用於街道等名詞，(D) 意思為「透過～」，是在表達手段時使用。

解答　(A)

翻譯　所有業務部的員工都必須在接下來的兩週內完成他們手上的企劃案。

單字　department 部門／ finish 結束

8. 選出正確介系詞的題型

說明　期間（the year）前方的介系詞，應填入 (A) throughout。

解答　(A)

翻譯　有關緊急情況的主管會議大概一年內會有四次以上。

單字　occur 發生

9. 選出正確介系詞的題型

說明　前方出現表完成的動詞 submit，且後方連接期間（next Monday），因此空格應填入 (B) by。(D) 則適用於表連續的動詞。

解答　(B)

翻譯　對本職缺有興趣的人，必須於下週一之前將履歷交給人事部經理。

單字　resume 履歷

10. 選出正確介系詞的題型

說明　空格後方為「A and B」，可知空格應填入 (D) between。

解答　(D)

翻譯　針對環境與競爭法領域之間的衝突，研究報告提出了許多可能的解決對策。

單字　suggest 建議／ a number of 許多的／ possible 可能的／ solution 解決方法／ conflict 衝突

類型分析 9. To 不定詞

Unit 45. 不定詞擺放的位置 ①

實戰演練 1

說明　allow 後方空格應填入 (D) to add。

解答　(D)

翻譯　來自聯合醫院財團的捐款，可以讓巴爾的摩孩童醫院能夠在目前三十二名醫師下的情況下，再添增六名人手。

單字　donation 捐款／ current 現有的

實戰演練 2

說明　通常置於主詞位置，表目的（purpose）的名詞，後方會搭配 to 不定詞出現。此時主詞與 to 不定詞為同位語，因此答案為 (A) to offer。

解答　(A)

翻譯　這封信的目的，是為了提供那些想參加我們俱樂部的人會員資格。

單字　purpose 目的／ offer 提供／ membership 會員

Unit 46. 不定詞擺放的位置 ②

實戰演練 1

說明　由於後方連接的是動詞原形，可知答案應為 (D) In order to。(A) 為介系詞，(B)、(C) 皆為連接詞，不可填入空格內。

解答　(D)

翻譯　為了獲得最好的服務，顧客一定要有禮貌並且有耐心。

單字　patient 有耐心的

實戰演練 2

說明　當空格位於完整句子後方時，可填入表目的的 to 不定詞，因此答案為 (B) to update。

解答　(B)

翻譯　維修部已經努力工作好幾個星期了，就為了將內部網路系統升級。

單字　Maintenance Department 維修部門／ work hard 努力工作／ internal 內部的

Unit 47. 搭配不定詞使用的動詞 ①

實戰演練 1

說明　動詞 attempt 以 to 不定詞作受詞用，因此答案為 (D) to respond。

解答　(D)

翻譯　Idenis 製藥公司會試著適時地答覆任何問題或是抱怨。

單字　pharmaceuticals 製藥公司／ attempt 嘗試／ respond 回覆／ complaint 抱怨／ in a timely manner 適時地，及時地

實戰演練 2

說明　「be willing to 不定詞」是常見用法，因此答案為 (C) to purchase。而 (D) to be purchased 是 to 不定詞的被動語態，後方不可接續受詞。

解答　(C)

翻譯　有些顧客願意以極低的折扣價購買某些商品。

單字　customer 顧客／ significantly 相當地／ discounted 折扣的

Unit 48. 搭配不定詞使用的動詞 ②

實戰演練 1

說明　enable 後方空格應填入 (D) to complete。

解答　(D)

翻譯　新的訓練系統可以讓工廠工人能夠更有效率地完成手上預定的計畫。

單字　enable A to B 讓 A 可以 B ／ efficiently 有效率地

實戰演練 2

說明　permit 後方空格應填入 (B) to park。

解答　(B)

翻譯　今天生效的新規定，准許員工將他們的車停在指定的區域過夜。

單字　effective 有效的，生效的／ as of 從～起 ／ permit 允許／ designated area 指定的區域

類型分析 9. REVIEW TEST

1. 選出正確 to 不定詞的題型

說明　空格前方的 wish 以 to 不定詞作受詞，因此答案為 (C) to cancel。

解答　(C)

翻譯　如果你想取消這項郵件服務，你必須打給客服人員，並要求將你的名字從郵件名單中移除。

單字　customer service representative 客服人員／ remove 移除

2. 選出正確 to 不定詞的題型

說明　空格前方的 invite 後方句型為「受詞＋ to 不定詞」，可知答案應為 (D) to attend。

解答　(D)

翻譯　我希望邀請所有資深財經分析家，來參加四月十一日在 Botswana 公司會議室舉辦的會議。

單字　senior 資深的，年長的／ invite 邀請／ financial analyst 財經分析專家

3. 選出正確名詞的題型

說明　表目的的名詞（objective）後方多以 to 不定詞作同位補語，因此答案為 (B) objective。

解答　(B)

翻譯　公司保健計畫的目的，在於給予新創立的產品開發部門更多鼓勵。

單字　objective 目的／ encouragement 鼓勵／ product development division 產品開發部門

4. 選出受詞補語（動詞原形）的題型

說明　空格前方的 help 後方句型為「受詞（them）＋動詞原形」，可知答案應為 (D) meet。

解答　(D)

翻譯　ABST 支援服務幫助他們滿足那些人們的需求，這些人經歷嚴重且持續的心理健康問題。

單字　meet 達到，滿足／ severe 嚴重的／ persistent 持續的

5. 選出正確 to 不定詞的題型

說明　空格位於句首，同時後方為「逗號＋完整子句」，可知答案應為 (A) To ensure。(B) 為過去分詞、(C) 為不定詞被動語態，兩者後方皆不可出現受詞。

解答　(A)

翻譯　為了確保您能預約到偏好的時間，我們建議您在三週之前完成註冊程序。

單字　ensure 保證，確保／ preferred 較喜歡的／ in advance 事先

6. 選出正確動詞的題型

說明　空格後方出現作受詞的 to 不定詞，可知答案應為 (B) plan。

解答　(B)

翻譯　你應該要改走替代路線，因為沙加緬度大橋將在下週一開始為了修繕而封閉。

單字　alternate 替代的／ close 關閉／ repair 修理／ start 開始

7. 選出 to 不定詞的強調用法

說明　空格後方出現原形動詞 attain，可知空格應填入 (A) in order to。

解答　(A)

翻譯　研究顯示這個業界的 CEO，平均只花了 23.6 年爬到今天的頂尖位置。

單字　average 平均的／ attain 獲得

8. 選出受詞補語（動詞原形）的題型

說明　空格前方為使役動詞 make，因此由 (A)、(C) 中擇一，而受詞 employees 應該要與補語 wash 為主動關係，因此答案為 (C) wash。

解答　(C)

翻譯　醫院試著讓員工們一進到病房內就洗手。

單字　enter 進入

9. 選出正確 to 不定詞的題型

說明　空格前方的 remind 後方句型為「受詞＋ to 不定詞」，可知答案應為 (D) to handle。

解答　(D)

翻譯　公告提醒了消費者要小心處理這些易碎產品。

單字　notice 公告，告示／ remind 提醒／ fragile 脆弱的／ with care 小心地

10. 選出正確動詞的題型

說明　promise 以 to 不定詞作受詞用，因此答案為 (A) promise。

解答　(A)

翻譯　新的 CFO 承諾在下一次會議前提供一份更詳細的年度財務報表。

單字　CFO (= Chief Financial Officer) 首席財務長／ detailed 詳盡的／ annual 年度的

類型分析 10. 動名詞

Unit 49. 動名詞擺放的位置 ①

實戰演練 1

說明　動詞 finish 以動名詞 analyzing 作受詞，因此答案為 (D) analyzing。當選項中同時出現 to 不定詞與動名詞時，該題主旨在於詢問題目內的動詞以何者作受詞用。

解答　(D)

翻譯　由三名研究員組成的團隊，已經完成了從科羅拉多州、新墨西哥州與巴西蒐集而來的五組資料中的第一組。

單字　finish 結束／ analyze 分析

實戰演練 2

說明　句首句型為「----- ＋受詞＋（修飾語）」，同時後方出現動詞單數形，可推得出空格應為動名詞，因此答案為 (B) Completing。雖然主詞可以填入名詞 (A)，但與本題後方的動詞未達成單複數一致性。

解答　(B)

翻譯　讀完這張紙背後的基本指示，並完成附加的問卷，是你能夠參與 Casa Adalijao 成長的最簡單的方式。

單字　enclose 附加／ instruction 指示／ get involved in 參與

Unit 50. 動名詞擺放的位置 ②

實戰演練 1

說明　object to 意思為「反對」，後方以動名詞作受詞，因此答案為 (D) adding。請留意，本處的 to 並非不定詞，而是作介系詞用。

解答　(D)

翻譯　人力資源部的發言人 Richard Williamson，因有限的預算而反對下個月增加人員。

單字　object to 反對／ due to 由於／ limited 限制的／ budget 預算

實戰演練 2

說明　「介系詞（of）＋ ------」後方連接了受詞（all of our guests），可推測出答案應為動名詞 (B) satisfying。

解答　(B)

翻譯　為了達到滿足所有客人的目標，Marbella 最近在市中心打造了一些擁有特殊特色的度假飯店。

單字　aim 目標／ recently 最近／ feature 特色，機能

Unit 51. 與動名詞搭配的動詞

實戰演練 1

說明　空格前方的動詞 avoid 以動名詞作受詞，因此答案為 (B) paying。

解答　(B)

翻譯　我們的二手滑雪用品店擁有各式各樣的裝備，對於想避免負擔高額零售費用的各個等級滑雪者來說是最佳選擇。

單字　be equipped with 配備有／ retail price 零售價

實戰演練 2

說明　空格前方的動詞 suggest 以動名詞作受詞，因此答案為 (D) closing。

解答　(D)

翻譯　經理建議在六月一日到八月三十一日之間的旺季，週五跟週六晚上都晚一點打烊。

單字　suggest 建議／ late 晚的／ peak season 旺季

Unit 52. 常見的動名詞相關片語

實戰演練 1

說明　「be committed to V-ing」為固定用語，表「致力於」，因此答案為 (D) producing，此處的 to 為介系詞。

解答　(D)

翻譯　牛肉產業的 NCBA 會員致力於生產出加拿大最安全的產品。

單字　beef 牛肉／ be committed to 致力於

實戰演練 2

說明　「have difficulty V-ing」為固定用語，表「在～方面有困難」，因此答案為 (B) increasing。

解答　(B)

翻譯　因為規模的關係，紐西蘭的小型煤礦公司很難增加他們的生產率。

單字　coal 煤礦／ mining 採礦，挖掘／ productivity 生產率

類型分析 10. REVIEW TEST

1. 選出動名詞的題型

說明　空格前方的動詞 recommend 以動名詞作受詞，因此答案為 (A) using。(B) 形容詞、(C) 可作名詞或動詞、(D) 分詞，都不太適合填入句子中。

解答　(A)

翻譯　我非常推薦 Paces Moving 公司給那些準備要搬家的企業或是個體戶。

單字　highly 非常／ recommend 推薦／ plan 計畫

2. 選出動名詞的題型

說明　句首句型為「----- ＋受詞／修飾語」，同時後方出現動詞單數形 takes，可推測出空格應為主詞，因此答案由 (A)、(B) 中擇一。名詞 (B) 與後方動詞未達單複數一致性，而且後方出現受詞，可推得答案為動名詞 (A) Collecting。

解答　(A)

翻譯　代表公司來收集有效且有意義的調查數據，非常花時間、精力與資源。

單字　valid 有效的／ meaningful 有意義的／ on behalf of 代表

3. 選出動名詞的題型

說明　當「介系詞（with）＋ -----」後方連接受詞時，可知空格應填入動名詞，但若無受詞，則空格為名詞。本題後方出現了受詞（parking guidelines），可知答案為 (B) following。

解答　(B)

翻譯　大部分員工並沒有不同意遵循兩週前生效的停車規定。

單字　disagree with 不同意／ guideline 準則，規定／ go into effect 生效

4. 選出動名詞的題型

說明　請注意空格前方的 to 並非不定詞，而是介系詞，因此答案為動名詞 (C) surmounting。

解答　(C)

翻譯　BBC 的記者們已經習慣排除萬難來及時完成任務。

單字　surmount 克服／ meet one's deadline 及時完成

5. 選出動名詞的題型

說明　當「介系詞（without）＋ -----」後方連接受詞時，可知空格應填入動名詞，但若無受詞，則空格為名詞。本題後方出現了受詞（his part of the presentation），可知答案為動名詞 (D) organizing。

解答　(D)

翻譯　公司將會懲罰那名跟客戶開會前沒有準備報告的員工。

單字　take action 行動／ disciplinary 懲罰的／ organize 組織，安排

6. 選出動名詞的題型

說明　「be worth V-ing」為固定用語，表「值得～」，因此答案為 (B) investing。

解答　(B)

翻譯　屋主通常都會在賣房子前詢問哪些修繕是值得投資的。

單字　homeowner 屋主／ renovation 翻修，改造

7. 選出動名詞的題型

說明　空格位於介系詞 on 與受詞 a new company building 之間，可知答案應為動名詞 (B) constructing。

解答　(B)

翻譯　儘管董事會成員反對，我們公司的執行長仍堅持要蓋一棟新的辦公大樓。

單字　insist 堅持／ despite 儘管／ objection 反對

8. 選出名詞的題型

說明　have access to 意思為「可接近，可取得」，此處的 to 為介系詞，而「介系詞（to）＋ -----」後方未出現受詞，因此答案為名詞 (C) information。

解答　(C)

翻譯　只有經過人事部認可授權的使用者，才能獲取顧客資訊。

單字　authorized 獲授權的／ identify 鑑定／ have access to 可取得

9. 選出動名詞的題型

說明　「介系詞（for）＋ -----」後方出現受詞（the Sofia Hotel's unique amenities and services），可知答案為動名詞 (B) promoting。

解答　(B)

翻譯　業務行銷部門負責在當地報紙上刊登廣告，宣傳 Sofia 飯店的獨特設施以及服務。

單字　unique 獨特的／ amenity 設施

10. 區分動名詞與不定詞的題型

說明　空格前方的動詞 remember 可接續不定詞也可接續動名詞，不過就文意上來看，應該是在描述未來申請時的相關情況，因此答案應為 to 不定詞 (D) to review。

解答　(D)

翻譯　要申請這個職缺，請記得造訪我們的網站獲取申請資格與截止日期的詳細資訊。

單字　apply for 申請／ position 職缺／ application 申請／ requirement 資格條件

類型分析 11. 分詞

Unit 53. 分詞擺放的位置 ①

實戰演練 1

說明 當分詞作主詞補語時，若主詞為人物（customers），描述情感狀態的動詞（satisfy）須以過去分詞表現，因此答案為 (D)。

解答 (D)

翻譯 目前對我們產品很滿意的顧客們，有可能會成為常客。

單字 current 目前／ be likely to 可能／ regular 定期的

實戰演練 2

說明 當表情感狀態動詞 inspire 作為句型 5 動詞 keep 的受詞補語，並且受詞為人物 his roommate 時，須轉化為過去分詞 (B) inspired。

解答 (B)

翻譯 獲獎的廣告文編 Eliot Dahl 曾經做了一張室友跑馬拉松的海報，在比賽當天激勵他。

單字 award-winning 獲獎的／ inspire 鼓舞

Unit 54. 分詞擺放的位置 ②

實戰演練 1

說明 由於空格前方已出現動詞 is，可知空格應為分詞，由 (B)、(D) 中擇一。然而空格後方並未出現受詞，因此答案為被動語態的過去分詞 (B) published。

解答 (B)

翻譯 這份論文是根據 Massachusetts Printer 三年來出版的三十六份審計報告結果而寫成。

單字 paper 資料，論文／ be based on 根據／ outcome 結果／ audit 審計／ printer 印刷業，印表機

實戰演練 2

說明 空格後方出現動詞 is，因此空格須填入分詞 (D) attending。

解答 (D)

翻譯 就讀 USC 商學院的人都被要求在 http://uscbusiness.edu 網站上登記他們的筆電。

單字 be required to 被要求／ register 登記／ attendee 參與者

Unit 55. 區分 V-ing 與 V-ed

實戰演練 1

說明 被修飾的名詞 size 與分詞間為被動關係，因此答案為過去分詞 (D) reduced。

解答 (D)

翻譯 孔徑耦合微帶天線的尺寸縮減，提供了與攜帶型通訊系統的相容性。

單字 aperture 孔徑／ coupled 耦合的／ antenna 天線／ compatibility 相容性，協調性／ portable 可攜帶的

實戰演練 2

說明 「growing company（成長中的公司）」為現在分詞的固定用語，因此答案為 (B)。

解答 (B)

翻譯 一九七八年，Granley Furniture 將正在成長的公司分成三條產品線，成功地擴展了他們在歐洲的事業。

單字 organize 組織，使系統化／ product line 生產線／ expand 擴張

Unit 56. 分詞構句

實戰演練 1

說明 時間連接詞 Before 與受詞 the device 之間，應填入現在分詞 (D) checking。

解答 (D)

翻譯 檢查設備之前，請確保系統電源供應已關閉，否則鬆脫的纜線可能會導致人員受傷。

單字 ensure 確保／ power supply 電力供給／ switch off（電源）關閉／ switch on（電源）開啟／ otherwise 否則／ result in 導致／ injury 受傷

實戰演練 2

說明 條件連接詞 If 與修飾語 by a customer 之間，應填入過去分詞 (B) desired。分詞構句在加強語氣時，也不一定會省略連接詞。

解答 (B)

翻譯 如果客戶想要，Sonoma 景觀建設公司會由一位完全合格的顧問為您的家提供客製化設計。

單字 personalized 使～個性化，使～具個人特色／ qualified 具資格的／ desire 需求，希望

類型分析 11. REVIEW TEST

1. 選出過去分詞的題型

說明 請先忽略空格前方的副詞 otherwise 後再解題。空格後方未出現受詞，加上前方有條件連接詞 Unless，可知答案為過去分詞 (A) mentioned。

解答 (A)

翻譯 除非有特別提及，所有費用均以美元報價，若有更改，恕無先行通知。

單字 rate 速度，費用，評等／ quote 報價／ be subject to 受到～影響

2. 選出現在分詞的題型

說明 空格位於冠詞 the 與名詞 demand 之間，可知應填入分詞。而不及物動詞 rise 不具被動語態，因此答案為現在分詞 (B) rising。

解答 (B)

翻譯 為了滿足這個地區對專業工程人力的上升的需求量，Finisar 訓練與教育中心在吉隆坡已設立了辦公室。

單字 skilled 有技術的，熟練的／ workforce 人力

3. 選出過去分詞的題型

說明 被修飾的名詞 item 與分詞間為被動關係，因此答案為過去分詞 (C) damaged。

解答 (C)

翻譯 如果您收到受損的商品，我們將會在您寄回後立刻寄送新品給您。

單字 replacement 替代品／ return 返還

4. 選出過去分詞的題型

說明 detailed 意為「細節的，詳細的」，必定以過去分詞表現，因此答案為 (C)。

解答 (C)

翻譯 附件為詳盡的操作手冊，教您如何使用 3D Max 程式來建立模擬設備。

單字 enclose 附加／ instruction 操作手冊／ create 創造／ simulated 模擬的

5. 選出過去分詞的題型

說明 句型 5 動詞 keep 後方的受詞補語，若受詞為人物時，補語為過去分詞，若為事物，則使用現在分詞。本題中的受詞為人物 employees，因此答案為過去分詞 (B) motivated。

解答 (B)

翻譯 最近的研究指出，持續的甚至是每天的鼓勵，比起未來某個時間點給予獎勵的承諾，更能激勵員工。

單字 consistent 連續的／ incentive 獎金，報酬／ work 產生效用／ motivate 使產生動機

6. 選出現在分詞的題型

說明 「完整子句＋逗號＋ ------」空格內為分詞，而分詞後出現受詞 vases，因此答案為現在分詞 (B) including。

解答 (B)

翻譯 風格化的花、葉子、蝴蝶，都經常被使用於各種裝飾中，包含花瓶。

單字 stylized 格式化的，風格化的／ decoration 裝飾

7. 選出過去分詞的題型

說明 被修飾的名詞 trip 與分詞間為被動關係，因此答案為過去分詞 (A) unexpected。

解答 (A)

翻譯 我非常遺憾地通知您，由於突如其來的出差，這週的採訪報導將會被延到週五。

單字 regret 遺憾，後悔／ inform 通知／ article 報導／ delay 延期

8. 選出過去分詞的題型

說明 被修飾的名詞 applicants 與分詞間為被動關係，因此答案為過去分詞 (C) invited。

解答 (C)

翻譯 就業博覽會地點與面試時程表的相關資訊，將會在活動之前寄給受邀的申請者。

單字 career fair 就業博覽會／ applicant 申請者／ prior to 在～之前

9. 選出現在分詞的題型

說明 不及物動詞 last 不具被動語態以及過去分詞，因此答案為現在分詞 (A) lasting。

解答 (A)

翻譯 就業市場中，競爭可以很激烈，而一個面試就能提供某人留下持久深刻印象的機會。

單字 job market 就業市場／ fierce 兇猛的／ last 持續／ impression 印象

10. 選出現在分詞的題型

說明 空格後方出現動詞 are，因此空格須填入分詞，而不及物動詞 remain 不具過去分詞形態，因此答案為現在分詞 (B) remaining。

解答 (B)

翻譯 所有在辦公室留到晚上七點以後的員工，都必須由後門離開。

單字 be requested to 被要求／ rear exit 後門

類型分析 12. 連接詞

Unit 57. 連接詞擺放的位置 ①

實戰演練 1

說明 空格位於句首，因此可先將對等連接詞 (A)、(B) 刪去，而題目中含有兩個子句，副詞 (C) 也可刪去，可知答案為 (D) Even though。

解答 (D)

翻譯 雖然網路購物要課稅，不過在買一送一期間買任何一雙鞋都免運費。

單字 taxation 徵稅／ apply to 適用於／ buy-one-get-one-free sale 買一送一／ exempt from 免除

實戰演練 2

說明 空格後方未連接子句，因此連接詞 (A)、(C) 可刪去，另外，空格後方句子非完整句型，因此 (D) 也是錯誤的。對等連接詞 but 常與否定語句 no、not 搭配出現，因此本題為 (B) but。

解答 (B)

翻譯 對 San Antonio 辦公室的兼職助理來說，基本的電腦文書處理能力是建議但非必要的條件。

單字 preferred 偏好的／ require 要求／ assistant 助理

Unit 58. 連接詞擺放的位置 ②

實戰演練 1

說明 題目中含有兩個子句，因此空格中應填入連接詞 (D) Once。形容詞 (A)、(B) 與副詞 (C) 都不可填入空格中。

解答 (D)

翻譯 一旦您同意這份計劃與總金額，我們將會進行預約，並用 Speedpost 寄一份附上付費方法的報價單給您。

單字 make a reservation 預約／ invoice 報價單／ via 透過

實戰演練 2

說明 題目中含有兩個子句，因此空格中應填入連接詞 (A) Since。介系詞 (B) 與副詞 (C)、(D) 都不可填入空格中。

解答 (A)

翻譯 因為你的硬碟已經沒有其他空間了，你的電腦會跑得很慢，而且會出現錯誤。

單字 run 處理，驅動／ occur 發生

Unit 59. 對等連接詞

實戰演練 1

說明　空格應選擇連接名詞 customer ratings 跟名詞 comments 的對等連接詞，因此由 (B)、(D) 中選擇，而肯定句中的連接用法，則應選擇 (D) and。

解答　(D)

翻譯　你的顧客評分與評論是公開的，而且對於你的產品與服務的銷售量會有立即的影響。

單字　rating 順位，評等／ comment 評論／ have an effect on 對～有影響

實戰演練 2

說明　空格連接形容詞 stringent 與形容詞 necessary，因此由 (B)、(D) 中選擇，然而 (D) 只用於子句間的連接，因此答案為 (B)。

解答　(B)

翻譯　主辦 SARC 的飯店將在三月二十九日開始啟用嚴格但必要的安全措施。

單字　stringent（規定等）嚴謹的，急迫的／ security 安全性／ measure 措施／ host 舉辦，主辦／ activate 啟用

Unit 60. 配對連接詞

實戰演練 1

說明　空格後方出現了 or，因此答案為 (C) either。

解答　(C)

翻譯　如果您有任何疑問，請聯絡 Jill McCarty 或是人力資源部。

單字　inquiry 疑問／ contact 聯絡／ Human Resources Department 人力資源部

實戰演練 2

說明　空格後方出現 but also，因此答案為 (B) not only。

解答　(B)

翻譯　Infiniti Patrol Solutions 不僅會監控並傳送您的系統中潛在障礙的警報，同時也會即時分析系統的活動狀態。

單字　monitor 監控，監視／ alert 警告／ potential 潛在的／ bottleneck 瓶頸，（交通）阻塞之處／ analyze 分析／ in real time 即時地

類型分析 12. REVIEW TEST

1. 選出正確連接詞的題型

說明　空格後方出現 A and B 的句型，因此應選擇 (B) both。雖然 between 也適用該句型，但文意上不符。

解答　(B)

翻譯　Comcast 正在尋找可以同時領導客戶關係與品保小組的客服經理。

單字　quality assurance 品質確保

2. 選出正確連接詞的題型

說明　應選擇可連接介系詞片語 at home 與介系詞片語 in the office 的 (C) or。but 是用來連接對照或是轉折語氣的連接詞。

解答　(C)

翻譯　有些清潔用品內含的成分可能對居家或是辦公環境的使用者有害。

單字　ingredient 成分／ hazardous 危險的，有害的

3. 選出正確連接詞的題型

說明　句型「A nor B」前方應填入 (B) neither。

解答　(B)

翻譯　工作人員對於 Suwarto 女士與 Jung 先生都不能出席年度晚宴感到失望。

單字　dinner party 晚宴

4. 選出正確連接詞的題型

說明　後方出現 not，並且用來連接副詞（generally、always）的答案，應為 (A) but。(B)、(C) 只能用來連接子句與子句。

解答　(A)

翻譯　雖並非絕對，但南達科他州的公立學校一般來說都會比私立機構便宜。

單字　public school 公立學校／ private institution 私人機構

5. 選出正確連接詞的題型

說明　本題應選擇 (D) as well as 來連接名詞片語 outstanding modern facilities 與名詞片語 beautiful furnishings。

解答　(D)

翻譯　這兩間住宅都提供了優秀的現代化設施，以及包含優雅玻璃燈具的美麗家飾。

單字　outstanding 優秀的／ facility 設施／ furnishing 家具，家飾／ elegant 優雅的／ glass lamp 玻璃檯燈

6. 選出正確連接詞的題型

說明　「A or B」前方應填入 (B) either。

解答　(B)

翻譯　如果您透過電話訂購，快速到貨大約需要一到兩個工作天。

單字　order 訂購，命令／ shipping 送貨，運輸

7. 選出正確連接詞的題型

說明　題目中含有兩個子句，因此空格中應填入連接詞 (D) When。副詞 (A)、(B)、(C) 都不可填入空格中。

解答　(D)

翻譯　當您登入上海銀行的網路銀行系統時，您會被要求在方框內輸入電子郵件地址。

單字　enter 輸入

8. 選出正確連接詞的題型

說明　空格前方出現 not only，因此答案為 (C) but also。(A) 意為「然後」，用來表示時間順序。(B) 意為「要不然」，而 (D) 為「除此之外」。

解答　(C)

翻譯　新產品不只吸引了第一次購買的客戶，也吸引到那些之前花大錢買鑽頭的人。

單字　appeal 吸引，吸引力／ initially 最初

9. 選出正確連接詞的題型

說明　題目中含有兩個子句，因此空格中應填入連接詞 (B) if。副詞 (A)、(C) 與介系詞 (D) 都不可填入空格中

解答　(B)

翻譯　如果貨物無法在訂購確認單上的指定日期送達，我們的客服人員將會聯絡物流部門。

單字　customer representative 客服人員／ Shipping Department 物流部門／ shipment 送貨／ fail to 失敗／ specify 指定，提起／ confirmation 確認（單）

10. 選出正確連接詞的題型

說明　用來連接副詞 promptly 與副詞 correctly，並且與前方 not only 搭配的正確選項為 (B) but。

解答　(B)

翻譯　他在財務部的角色是要確保所有付款被處理得準時且正確，並同時負責新客戶的登錄。

單字　process 處理／ promptly 即時／ correctly 正確／ take care of 處理／ registration 登錄

類型分析 13. 名詞子句連接詞

Unit 61. 名詞子句連接詞的種類 ①

實戰演練 1

說明 題目中含有兩個子句，因此可先刪去代名詞 (A) 與介系詞 (C)，而後方子句為具備主詞與受詞的完整子句，因此答案為 (B) that。這邊的 that 子句作動詞 announce 的受詞。

解答 (B)

翻譯 亞特蘭大農夫超市昨天宣布，三十年來帶領該州第三大超市的 Mark Peebles，將要從董事長一職退休。

單字 decade 十年／ retire 退休／ as 以～的身分

實戰演練 2

說明 題目中含有兩個子句，因此可先刪去介系詞 (A)、(C)，空格後方為作 be sure 受詞的子句，因此空格內應填入名詞子句連接詞。that 與 what 皆為名詞子句連接詞，但由於空格後方為完整子句（主詞是 product，is inspected 是不含受詞的被動語態），可得出答案為 (B) that。

解答 (B)

翻譯 請確保 Green Factory 生產的每件產品在運送至零售店之前，都一定要經過檢查。

單字 be sure that S + V 一定要確認～／ manufacture 製造／ inspect 檢查／ retail 零售

Unit 62. 名詞子句連接詞的種類 ②

實戰演練 1

說明 空格後方出現 or not，因此答案為 (D) Whether。空格應填入名詞，因此副詞子句 (A)、(C) 是錯的，而 (B) 則是名詞子句連接詞，不可作主詞用。

解答 (D)

翻譯 無論地鐵公司是否因赤字而苦惱，都不是這個城市的優先考量。

單字 suffer from 飽受～之苦／ deficit 赤字／ priority 優先順位

實戰演練 2

說明 空格前方出現 whether，因此答案為 (A) or not，雖然這種考法比較少見，但確實也是有考題選項要選擇 or not 的情況。

解答 (A)

翻譯 我們經驗豐富的人力派遣廠商，可以透過他們的篩選流程來決定是否要僱用這五個新人。

單字 highly experienced 經驗豐富的／ staffing agency 人力派遣廠商／ screening process 篩選過程

Unit 63. 名詞子句連接詞的種類 ③

實戰演練 1

說明 空格後方連接的是缺少了動詞 found 的受詞的不完整子句，因此答案為疑問詞 (C) what。(A) 雖為名詞子句連接詞，但後方須為完整子句，而 (B)、(D) 為疑問副詞，但須連接完整句型。

解答 (C)

翻譯 社內報紙的記者詢問一位參加者她覺得從最近的商業課程中，學到最有價值的是什麼。

單字 company newsletter 社內報紙／ participant 參與者／ valuable 有價值的

實戰演練 2

說明 空格後方連接的是缺少了動詞 established 的主詞的不完整子句，因此答案為 (B) who。題目中出現了兩個句子，因此介系詞 (C)、(D) 不可填入，而 (A) 後方則必須連接完整子句。

解答 (B)

翻譯 Brendan Williams，AOL 電話行銷公司的老闆，也就是建立了一通電話平均必須少於五分鐘規範的人。

單字 establish 建立，設立／ guideline 指南／ average 平均的

Unit 64. 複合關係代名詞

實戰演練 1

說明 空格後方出現了兩個子句，因此答案為 (D) Whoever。Whoever 後方連接缺少主詞的子句，並且置於主詞位置。當有兩個子句出現時，不可填入關係代名詞。

解答 (D)

翻譯 任何一位擁有 Bellasium 會員卡的人，都可以透過入住世界各地的連鎖飯店，以獲取航空哩程數。

單字 membership 會員／ airline miles 航空哩程數

實戰演練 2

說明　空格後方連接的是缺少了動詞 prefer 的受詞的不完整子句，因此答案由 (B)、(D) 擇一。然而 (D) 為主格，必須置於動詞之前，另外 (C) 後方必須連接完整子句，因此兩者皆為錯誤選項。

解答　(B)

翻譯　Zukebox 8.1 程式裡面的音樂將會隨機播放，或者是你可透過該程式選擇任何一首你喜歡的歌。

單字　randomly 隨機地／ prefer 偏好

類型分析 13. REVIEW TEST

1. 選出正確連接詞的題型

說明　題目出現兩個子句，因此可先將副詞 (C)、(D) 刪去，而後方子句為缺少動詞 wants 的受詞的不完整子句，可推測出答案為 (A) What。That 必須搭配完整子句使用。

解答　(A)

翻譯　因為 Jimmy 在旺季期間被大量的來電跟來信淹沒了，因此他想要的只是休個假。

單字　take a break 休假／ inundate 淹沒，湧入／ high season 旺季

2. 選出正確連接詞的題型

說明　介系詞 about 後方為受詞的位置，因此空格應填入名詞子句連接詞。(A)、(C) 皆不可作介系詞的受詞，而 (D) 後方必須連接完整子句，因此答案為 (B) whether。

解答　(B)

翻譯　福島的輻射外洩事件後，韓國人開始關心起日本進口的海鮮是否安全。

單字　radioactive 輻射的／ leak（液體、氣體）外洩，（祕密）洩露／ import 輸入

3. 選出正確連接詞的題型

說明　題目出現兩個子句，因此可先將 (A)、(C) 刪去，而後方為具備主詞 Globe Electronics 與受詞 the bid 的完整子句，可推測出答案為 (B) that。what 後方應為不完整子句。

解答　(B)

翻譯　我們非常高興在此宣布，為了蘇丹全國幾千間學校打造空調系統的標案，由 Globe Electronics 得標。

單字　win 贏得（比賽），取得（契約、投標），中獎／ bid 競標／ thousands of 數以千計

4. 選出正確連接詞的題型

說明　「or not to 不定詞」前方應填入 (D) whether。

解答　(D)

翻譯　當決定是否要投資一間公司時，你必須先研究該公司的表現，並且跟值得信賴的金融顧問洽談。

單字　invest in 投資／ performance 實績，表現，表演／ advisor 顧問

5. 選出正確連接詞的題型

說明　題目出現兩個子句，因此可先將副詞 (C) 刪去，而後方為具備主詞與受詞的完整子句，可推得答案為 (D) if。(A)、(B) 皆須連接不完整子句。

解答　(D)

翻譯　由於喬治亞惡劣的天氣情況，很難說 Savannah 分公司的經理是否能準時抵達。

單字　as scheduled 按時／ adverse 不利的，相反的／ condition 情況

6. 選出正確連接詞的題型

說明　題目出現兩個子句，因此可先將副詞 (C) 刪去，而及物動詞 ensure 後方應連接受詞，用於副詞子句的 (D) 也可刪除。(A) 必須連接不完整子句，但空格後方為完整子句，可推得答案為 (B) that。

解答　(B)

翻譯　維修部門被要求定期檢查每條纜線以及連接的狀態，以確保緊急照明設備可以正常運作。

單字　periodically 定期地／ ensure 確保／ properly 適當地

7. 選出正確連接詞的題型

說明　「名詞＋主詞＋動詞」前方除了 which 之外，任何連接詞都不可填入，此處的 which 為關係形容詞，此詞性還有 what、whose 等。因此本題答案為 (B)。

解答　(B)

翻譯　收到幾份估價單後，Kuten 先生已經決定好他要選哪間公司來負責辦公室的裝修案。

單字　estimate 估價（單）／ renovation 修繕，裝修

8. 選出正確連接詞的題型

說明 題目出現兩個子句，因此可先將 (B) 刪去，空格後方連接的是缺少了動詞 is 的受詞的不完整子句，因此答案為 (A) What。(C)、(D) 為副詞子句連接詞，不可代替名詞子句連接詞。

解答 (A)

翻譯 經常教育並訓練員工，讓你的公司維持高度專業化是很重要的。

單字 educate 教育／ regularly 定期地，規律地／ specialization 專業化

9. 選出正確連接詞的題型

說明 whether 常與 to 不定詞搭配出現於考題中，因此本題答案為 (C) whether。(A) 為不可接續 to 不定詞的連接詞；(B) 為副詞，而且也不能用 to 不定詞修飾；(D) 作為對等連接詞，雖然可以連接 to 不定詞，但句中並未出現其他動詞，因此不正確。

解答 (C)

翻譯 城市督察員正在考慮是否准許讓開發商在農地上蓋房子。

單字 inspector 檢查員／ developer 開發商／ housing 住宅／ farmland 農地

10. 選出正確連接詞的題型

說明 空格為主詞位置，應選擇名詞子句連接詞填入，所以副詞子句連接詞 (B)、(D) 是錯誤的，而 (A) 雖然是名詞子句連接詞，但不可置於主詞位置，因此答案是 (C) Whether。

解答 (C)

翻譯 我們的事業之所以成功，取決於我們提供了全市飯店中最好的服務。

單字 depend on 取決於／ provide 提供

類型分析 14. 形容詞子句連接詞

Unit 65. 形容詞子句連接詞的種類 ①

實戰演練 1

說明 表人物的先行詞 performer 與缺少主詞的動詞 was 之間，須填入主格關係代名詞 (C) who。

解答 (C)

翻譯 她是一位曾經因她與同事們之間出色的溝通技巧而聞名的表演者。

單字 be well-known for 以～聞名／ outstanding 出色的／ associate 同事（通常以複數形表示）

實戰演練 2

說明 表人物的先行詞 a staff member 與名詞 thoughts 之間，須填入所有格關係代名詞 (B) whose。

解答 (B)

翻譯 我們正在尋找富含創意，並可以立即落實想法的團隊成員。

單字 not only A but also B 不只 A 連 B 也／ creative 有創意的／ immediately 立即／ practical 實用的

Unit 66. 形容詞子句連接詞的種類 ②

實戰演練 1

說明 當先行詞 project 為事物，並且空格位於動詞 will have 前方時，應填入主格 (A) which。

解答 (A)

翻譯 政府宣布了一個新計畫，將由地質學者小組調查城市中那些未開發的特定區域。

單字 announce 宣布／ geologist 地質學家／ investigate 調查／ certain 特定的

實戰演練 2

說明 當先行詞 new office building 為事物，並且空格位於名詞前方時，應填入所有格 (B) whose。

解答 (B)

翻譯 擁有坐落在舊址附近新辦公大樓的 Lee 先生與 Wang 女士，現在是公司的共同代表。

單字 construct 建立／ former 之前的／ co-representative 共同代表

Unit 67. 形容詞子句連接詞的種類 ③

實戰演練 1

說明　先行詞為時間（middle of a crisis），同時空格後方為具備主詞（they）、動詞（needed to）以及受詞（comprehensive and extensive but effective strategies）的完整子句，可知答案應為關係副詞 (D) when。

解答　(D)

翻譯　大部分的企業在危機時都會需要設定許多全面廣泛而有效的策略。

單字　crisis 危機，轉折點／ comprehensive 綜合的／ extensive 廣泛的／ effective 有效的

實戰演練 2

說明　當先行詞為地點 company，並且空格後方連接完整子句時，答案應選擇關係副詞 (B) where。

解答　(B)

翻譯　J&W 企業是他過去五年來擔任法務的公司，並且將在接下來的十二年擔任他們的行政顧問。

單字　in-house lawyer 公司法務 ／ administrative 行政的／ consultant 顧問

類型分析 14. REVIEW TEST

1. 選出所有格關係代名詞的題型

說明　當先行詞為人物 candidate，並且空格位於名詞 proposal 前方時，應填入所有格 (D) whose。

解答　(D)

翻譯　提案已通過的候選人，應在下週三前攜帶他或她的作品集。

單字　proposal 提案／ accept 接受

2. 選出主格關係代名詞的題型

說明　表人物的先行詞 Anyone 與動詞 wants 之間，應填入主格 (B) who。

解答　(B)

翻譯　想要參加今年環保工作坊企劃的人，必須填寫表格後提交給人力資源部門。

單字　participate 參加／ environmental 環境的／ fill out 填寫／ submit 提交

3. 選出複合關係代名詞的題型

說明　空格後方的名詞 travel agency 與動詞 provides 中間，省略了「主格關係代名詞 + be（which is）」，因此沒有主語，又缺少主詞的不完整子句中，應選擇 (A) whichever 填入。

解答　(A)

翻譯　我們公司與一間航空公司結盟，將與提供我們低價的旅行社合作。

單字　forge 鍛造／ alliance 聯盟 ／ close a deal with 成交

4. 選出主格關係代名詞的題型

說明　先行詞為人物 employees，而且空格後方連接不完整子句時，應選擇 (B) who。

解答　(B)

翻譯　SP Chemicals 針對那些參加公司內各種環保團體的員工提供獎勵。

單字　offer 提供／ benefit 利益／ participate in 參加

5. 選出主格關係代名詞的題型

說明　當先行詞為事物 equipment，並且空格後方為缺少主詞的不完整子句時，應填入 (B) which。

解答　(B)

翻譯　現有的系統適合我們大部分工廠的設備，所以如果我們現在更換，將會花上一大筆錢與時間。

單字　current 現有的／ be suited for 合適於／ equipment 設備／ cost 花費

6. 選出正確關係代名詞的題型

說明　空格後方出現了兩個子句，因此答案為 (D) which。

解答　(D)

翻譯　員工沒辦法完全看懂上司修訂的說明書，所以規定就沒有被執行。

單字　supervisor 上司／ revise 修訂／ manual 說明書／ fully 完全地／ instruction 指示事項

7. 選出正確關係代名詞的題型

說明　空格前方出現表人物的先行詞 Ms. Yun 加逗號，而後方為缺少主詞的不完整子句，因此答案為 (C) who。

解答　(C)

翻譯 去年被任命為副董事長的 Yun 女士，是公司有史以來最年輕的執行董事。

單字 appoint 任命／ executive director 執行董事

8. 選出正確關係副詞的題型

說明 先行詞為時間（hours），空格後方為完整子句（they work），因此答案為 (C) when。

解答 (C)

翻譯 我們讓員工利用工作證來記錄上班時間，這樣他們就不用寫書面資料了。

單字 transcribe 錄製／ paperwork 書面作業

9. 選出正確關係副詞的題型

說明 空格前方出現「事物先行詞（Columbia）＋逗號」，而後方為少了主詞的不完整子句，因此答案為 (D) which。

解答 (D)

翻譯 Larson 先生去了哥倫比亞，他將會在那裡與州長會面，並討論城市發展。

單字 governor 統治者

10. 選出複合關係形容詞的題型

說明 題目出現兩個子句，因此可先刪去 (B)。關係副詞句型中，可省略先行詞，而後方必須連接完整子句，因此 (C)、(D) 都符合題目句型，但在文意上並不通順。名詞 products 前方應為複合關係形容詞，所以應選擇 (A) whatever 填入，使文意為「只要是能夠找到的商品，都應該要囤起來」。

解答 (A)

翻譯 很不幸地，我們的人力、時間與補給都不夠，所以我們必須拉長每個人的工時，並囤積任何可得的商品。

單字 unfortunately 不幸地／ be short of 缺乏／ stock up 囤積／ available 可得到的

類型分析 15. 副詞子句連接詞

Unit 68. 副詞子句連接詞的種類 ①

實戰演練 1

說明 題目出現了兩個子句，因此可將副詞 (A)、(B) 刪除。而主要子句中時態為未來式 will，因此應選擇表時間的副詞子句連接詞 (D) As soon as。

解答 (D)

翻譯 一旦新的電話設置好，我們就會立刻傳訊息告訴所有的顧客新的電話號碼。

單字 install 安裝／ text message 簡訊／ moreover 此外

實戰演練 2

說明 題目出現了兩個子句，因此可將連接副詞 (D) Therefore 刪除，而剩餘的選項都符合文法，因此須從文意上解題。填入 (A) While 後，「行銷經理出差的期間，所有來信跟來電都會轉接給他的助理」較為通順，因此 (A) 為正確答案。

解答 (A)

翻譯 行銷經理出差的期間，所有來信跟來電都會轉接給他的助理。

單字 on a business trip 出差／ forward 轉寄／ assistant 助理

Unit 69. 副詞子句連接詞的種類 ②

實戰演練 1

說明 空格後方出現助動詞 can，可知應填入表目的的副詞子句連接詞 (D) so that。

解答 (D)

翻譯 應該要開放員工跟雇主之間的溝通管道，這樣員工才能輕鬆地問問題、給予建議，並指出錯誤。

單字 communication channel 溝通管道／ point out 指出

實戰演練 2

說明 空格後方連接「形容詞（effective）＋主詞（a diet program），因此答案為 (B) However。對等連接詞 (A) 不可置於句首，而連接詞 (C) 的後方不應出現形容詞。

解答 (B)

翻譯　無論減肥療程多麼有效，還是必須擁有健康的飲食習慣。

單字　effective 有效的／ essential 必須的／ eating habit 飲食習慣

類型分析 15. REVIEW TEST

1. 選出正確連接詞的題型

說明　空格後方句型為「形容詞（uncomfortable）＋主詞（you）＋動詞（be）」，因此答案為 (C) however。省略了 that 作連接詞的 (A)、(B)，後方不可出現形容詞。

解答　(C)

翻譯　無論你有多不舒服，開商務會議時請穿著正式服裝。

單字　dress shoes 皮鞋（正式的）／ uncomfortable 不舒服的

2. 選出表目的的副詞子句連接詞的題型

說明　空格後方出現助動詞 can，可知應填入表目的的副詞子句連接詞 (B) so that。介系詞 (A) 不可置於句首，而副詞 (C) 無法連接兩個子句。

解答　(B)

翻譯　該組織負責維護蘇格蘭的古堡，為了讓遊客能夠享受其中。

單字　be in charge of 負責／ maintain 維護，管理／ historic 歷史的／ castle 城堡

3. 選出表理由的副詞子句連接詞的題型

說明　題目出現兩個子句，因此副詞 (A) 與介系詞 (D) 可刪去。多益考題中，表理由的副詞子句連接詞，前方子句多為負面意象，並且通常與天氣有關。因此答案為 (C) since。

解答　(C)

翻譯　由於西部州省的天氣情況有利於葡萄的成熟，因此我們預期今年將會有創紀錄的大豐收。

單字　record harvest 大豐收／ favorable 有利的／ maturation 成熟

4. 選出表條件的副詞子句連接詞的題型

說明　「------ ＋主詞＋動詞 , 主詞＋動詞」的句型中，空格應填入副詞子句連接詞，因此可先將名詞子句連接詞 (A)、(B) 刪除。(C) 意思為「如同～一般」，通常在考題中不會是正確答案。而主要子句為命令句的情況下，通常會搭配表時間或條件的副詞子句連接詞使用，因此答案為 (D) If。

解答　(D)

翻譯　如果你想從這個辦公室借書籍或是複本資料，請聯絡 Linda 並取得她的許可。

單字　sign out 登出，借／ photocopied material 複本資料

5. 選出正確副詞子句連接詞的題型

說明　空格應填入連接兩個子句的副詞子句連接詞，因此可將名詞子句連接詞 (B)、(C) 與副詞 (D) 刪去，答案即為 (A)。

解答　(A)

翻譯　報價中包含諮詢費用，因此無論何時，只要您想了解我們的產品細節，請隨時聯絡我們。

單字　consultation 諮詢

6. 選出表讓步的副詞子句連接詞的題型

說明　首先，通常 (C) as if 都不會是正確答案，因此可忽略不看。(A) 表時間、(B) 表理由而 (D) 表讓步，就文意上來看前後兩句有對照的意思，因此應選表讓步的 (D) Although。

解答　(D)

翻譯　他雖然去台灣出差過好幾次，但這是他第一次由員工陪同一起去。

單字　accompany 陪同

7. 選出表條件的副詞子句連接詞的題型

說明　主要子句中出現了表義務的動詞 have to attend，因此答案應為表條件的 (C) unless。

解答　(C)

翻譯　除非有緊急私人要事，否則全體新進員工都必須出席歡迎會。

單字　urgent 緊急的／ personal matter 私人事務

8. 選出正確連接詞的題型

說明　空格前方為「so ＋形容詞」，加上「so~ that」是固定用法，因此答案為 (B) that。

解答　(B)

翻譯　這種技術非常創新，如果你不使用在你的產品上，就會落後競爭對手。

單字　innovative 創新的／ fall behind 落後

9. 選出表讓步的副詞子句連接詞的題型

說明 表讓步的副詞子句連接詞常見於句首。填入 (D) Even though 後，「雖然新藥已獲得許可，但不建議孩童使用」文意通順，因此答案為 (D)。

解答 (D)

翻譯 儘管新藥已經獲得 FDA 許可給成人使用，但不建議懷孕婦女與一歲以下孩童使用。

單字 medicine 藥物／ approve 允許／ pregnant 懷孕的

10. 選出表理由的副詞子句連接詞的題型

說明 由文意看來，主要子句與副詞子句互為因果關係，因此答案為 (B)、(D) 之一，而後方為完整子句（the copy machine purchased two days ago doesn't work），因此答案為 (B) now that。

解答 (B)

翻譯 因為兩天前買的影印機現在無法正常運作，因此 Bae 先生會去店裡要求換貨或退款。

單字 replacement 替代品／ refund 退款

類型分析 16. 比較文法

Unit 70. 原級

實戰演練 1

說明 將空格後方的 as 整句忽略後再來分析。make 為句型 5 動詞，後方應連接「受詞＋受詞補語」，而空格前方為缺少受詞補語的不完整子句（artist studios will make the museum），可知答案為形容詞 (D) large。

解答 (D)

翻譯 經過六個月的擴建工程，裝修後的畫廊與藝術家工作室將會使博物館變成以前的兩倍大。

單字 extensive 廣闊的，大範圍的／ renovation 修繕

實戰演練 2

說明 將空格後方的 as 整句忽略後，剩下具備主詞（The part）、動詞（can cut through）與受詞（the air and withstand winds）的完整句型，可知答案為副詞 (B) easily。

解答 (B)

翻譯 這個零件設計如同機翼般，可輕易切穿任何氣流，並且禁得起風吹。

單字 part 部分，零件／ withstand 禁得起，承受

Unit 71. 比較級

實戰演練 1

說明 空格後方連接 than，因此答案為 (D) higher。

解答 (D)

翻譯 Lonsdale International 匯報本季度約莫 7840 萬的營收，已高於他們所估計的。

單字 quarter 季度／ revenue 收入／ approximately 大約

實戰演練 2

說明 speedy 為單音節 y 結尾的形容詞，後方出現 than，因此答案為 (B) speedier。

解答 (B)

翻譯 在密西根的救護車評比中，這台車的速度比起其他對手來得更快。

單字 rest 剩下的／ competition 競爭對手／ evaluation 評估

Unit 72. 最高級

實戰演練 1

說明　當形容詞或副詞為單音節時，最高級為「形容詞／副詞＋ est」，因此答案為 (D) fastest。

解答　(D)

翻譯　搜尋最近分店的最快方法，就是到我們網站上輸入城鎮的名字，並找到你住的那一個。

單字　look for 尋找／ near 附近的／ location 位置，分店

實戰演練 2

說明　具有 -able、-ful、-ous、-ive 字尾的雙音節形容詞或副詞，或是三音節以上的單字，最高級文法為「the most ＋形容詞」，可知答案為 (B) most reputable。

解答　(B)

翻譯　IN People & Solutions 是一間專門針對醫學或醫院相關的人員招募公司，而且我們曾與許多國際與本土的醫院合作。

單字　specialize in 專精於／ exclusively 僅僅，專門地／ reputable 信譽良好的

類型分析 16. REVIEW TEST

1. 選出強調最高級文法副詞的題型

說明　用來強調最高級 the most efficient 的副詞選項，唯有 (B) only。

解答　(B)

翻譯　E-Tax 針對不動產或是個人財產稅務，提供最有效且最划算的解決方法。

單字　deliver 傳送／ efficient 有效的／ cost-effective 划算的

2. 原級的題型

說明　忽略空格後方的 as 後，若句子為完整句型，則空格為副詞，因此答案為 (A) precisely。

解答　(A)

翻譯　專家於評估期間針對新機器的全面分析報告，能夠讓我們盡可能精準地估算它們的價值。

單字　comprehensive 全面的／ expert 專家／ evaluation 評估／ calculate 計算

3. 比較級的題型

說明　將空格前後方的 more 與 than 忽略後，若句子為完整句型，則空格為副詞，因此答案為 (C) easily。

解答　(C)

翻譯　EXPKrobit 實施測試的結果，指出 CHIA 的設備似乎比其他的設備來得容易受損。

單字　device 設備／ be likely to 似乎，可能／ damage 受損，傷害

4. 最高級的題型

說明　當形容詞或副詞為單音節時，最高級為「形容詞／副詞＋ est」，因此答案為 (D) busiest。

解答　(D)

翻譯　這是我來過最繁忙的餐廳，但也只是全國第三熱鬧的餐廳而已。

單字　busy 熱鬧的，繁忙的

5. 最高級的題型

說明　可用「所有格＋最高級」代替「the ＋最高級」，因此答案為 (A) most recent。

解答　(A)

翻譯　Nakasa 最新的小說目前都沒有貨了，因為購買人數比我們預期的多。

單字　recent 最近的／ currently 目前／ out of stock 無庫存

6. 最高級的題型

說明　空格位於 the 後方，可推得答案為最高級 (D) least。

解答　(D)

翻譯　這主要由那些尋求能夠以最便宜方式運送他們的完成品的小企業主所使用。

單字　mainly 主要／ finished product 完成品

7. 原級的題型

說明　忽略空格前後方的 as 後，若句子為不完整句型（working hours are），則空格為形容詞，因此答案為 (C) flexible。

解答　(C)

翻譯　雖然她的公司給她低薪，但她的上班時間很有彈性，她可以自行安排。

單字 low salary 低薪／ working hour 上班時間／ flexible 有彈性的，柔軟的

8. 比較級的題型

說明 空格後方連接 than，因此答案為 (B) less。

解答 (B)

翻譯 因為城市限水，所以你被建議蓋玫瑰園，那比草坪需要的水量來得少。

單字 supply 供應／ be advised to 被建議

9. 最高級的題型

說明 當形容詞或副詞為三音節以下時，最高級為「形容詞／副詞＋ est」，因此答案為 (D) strictest。

解答 (D)

翻譯 YesPoint 會收集您的個人資料，該資料會遵循最嚴格的規範安全保管。

單字 in compliance with 依循

10. 最高級的題型

說明 空格前方出現 the，並且 influential 為多音節形容詞，因此最高級應為 (B) most influential。

解答 (B)

翻譯 Jung 先生，一九八零年以來最有影響力的爵士鋼琴家之一，打算在下週的首爾爵士音樂節上演出。

單字 influential 有影響力的

Part 5 & 6 Vocabulary
Unit 73. 名詞 ①

Step 2 容易混淆的基礎單字

1. 請上網登錄您的產品，以獲取重要更新。
access（管道）── 不可數名詞
approach（方法）── 可數名詞

2. 這間飯店擁有可連接至市中心的附加優點。
benefit（好處）── 相對呼應的利益
advantage（優點）── 脫穎而出的好處

3. Jimmy 將會擔任預定要出差的 Kelly 的職代。
alternative（替代方法、方案 (to)）── 用來取代某事，並擁有選擇性
replacement（替換物、代理、取代 (for)）── 替換物或是代理

4. 我希望這個設備使用的相關重要警告能引起注意。
attention（專心、注意 (to)）── 處理事情時，過程中集中精神
concentration（專心、集中 (on)）── 強調專注於單一事情上

5. 他們有權利可以開放特殊訪客停車在建物前方。
claim（宣稱、要求）── 以應得的權利提出要求的行為
authority（權力、權限）── 可以下達命令或許可的權限

6. 要在綠化帶附近蓋工廠，你得拿到市長的授權書。
authority（權限）── 可以實行 authorization 的權限
authorization（授權）── 執行任務需要的官方許可

7. 四名顧客點了沙拉，並且決定了沙拉醬。
choice（選擇事項、選擇行為）── 最想要的東西、已經選擇的東西
option（選擇事項、選擇行為）── 為了使人選擇，而提出的事項

8. 修理嚴重損壞的屋頂要花三週時間。
hurt（傷害）── 生理或心理的傷口
damage（破損、損壞）── 形容事物損壞，並可估值

9. 公司將會把合約複本一起寄給你簽名。
duplicate（複本）── 並非指數量，而是跟正本一樣的東西

double（兩倍）── 數量上的兩倍

10. 大雨會影響餐廳的營業額。
affect（感情、情緒）── 指情感上的影響
effect（結果）── 直接發生的事情或影響

Step 3 實戰演練

1. 原先預定本週五的會議將延期，請等待進一步通知。
解答 (A)

2. 公司預計在第二季會計季度時營業額會有五十%的上升。
解答 (B)

3. 經理決定管控公司顧客資訊的存取權。
解答 (B)

4. 我們提供免運費與免安裝費的服務。
解答 (A)

5. 他們對於會議上的個人財產損失不負任何責任。
解答 (B)

6. 開放性的溝通可以增加新員工表現的自信。
解答 (A)

7. 文件在一週內將會呈交董事會以取得最終核准。
解答 (A)

8. 博物館將從五月一日至八月三十一日展出特殊收藏。
解答 (B)

9. 如果您要找特別的洗碗機，請上我們的網站瀏覽關於機器功能的更多說明。
解答 (B)

10. 為了慶祝本公司創立二十週年，我們提供每台腳踏車八折優惠。
解答 (A)

Unit 74. 名詞 ②

Step 2 容易混淆的基礎單字

1. 根據過去十二個月的銷售數字，部門決定中止CLK250。
score（分數、得分）── 在考試或是比賽上獲得的分數
figure（數值、數字）── 以數字表現的數量

2. 這個州將要加重徵收繁忙道路上的停車罰金。
fine（罰款）── 違反法律時繳交的費用
charge（費用、手續費）── 服務相關的費用

3. Westlines 為了留住他們的忠實顧客，決定降低飛行常客的機票費用。
air price（價格、代價）── 通常用於物品
airfare（運費、交通費用）── 搭乘交通工具的費用

4. 請花幾分鐘來填寫這份問卷調查。
form（表格、樣式）── 含填寫欄位的文件
print（印刷品）── 活版印刷的產物

5. 要在曼谷成立網路商店，需要針對幾個網站做徹底調查。
establishment（建立、設立）── 主要指建設建築物或機關的行為
foundation（基礎、地基）── 通常指基礎、基本的概念

6. 為了改善設施，需要一大筆投資。
increment（增大、增加）── 數量上的增加
improvement（改善）── 品質上的改變

7. 這份調查結果是這家公司未來發展成功的好徵兆。
indication（標示、指示）── 用來暗示他人，間接的因素
show（標明）── 直接顯示給對方看的行為

8. 我在盒子上找不到其他更詳細的特色說明。
information（資訊、情報）── 針對特定內容或狀況的說明
description（描述）── 關於事物的外觀或內容的說明

9. 在你開始創業之前，請先去徹底調查當地商業環境。
exploration（探勘、探索）── 地理學上的調查或研究
investigation（調查）── 主要指為了了解事件真相的調查

10. 電器商店的店員針對店裡的商品，有全面性的了解。
thought（想法、思考）── 腦中產生的想法
knowledge（知識）── 透過研究或經驗得知的事情

Step 3 實戰演練

1. 公司需要更有經驗的員工來處理棘手的合約談判。
解答 (B)

2. 請告訴我們您是否要確認預約，並預付您住宿費的二十%。
解答 (B)

3. 優良銷售業績獎將會頒給第一名的汽車業務。
解答 (A)

4. 他們會告訴您，您是否成功申請到車貸。
解答 (B)

5. 生日當天提款的顧客，將會收到祝福他們生日快樂的信。
解答 (B)

6. 員工出差時，他們必須要遵守公司規範才能拿到請款。
解答 (A)

7. Kim 先生要求 HBOL 銀行讓他的貸款延長兩週。
解答 (B)

8. 這個社區提供各種活動，讓您退休後保持忙碌。
解答 (B)

9. LHA 一半以上的員工對於工作穩定度感到滿意。
解答 (A)

10. 許多雇主允許其員工協商勞動契約條款，以使其感到公平。
解答 (B)

Unit 75. 名詞 ③

Step 2 容易混淆的基礎單字

1. 如果你添加一個新食材到食譜內，就可以做出一道很棒的當季料理。
material（材料、原料）── 製造產品的材料
ingredient（材料、成分）── 混合、合成物或菜餚的原料

2. 熟稔事務的的經理會製作一份很有效的工作時程表給我們。
program（計畫）── 包含長期的時程、規劃
schedule（行程、計畫）── 一次性且短期的時程

3. 你在這個城鎮創業前，先去尋求 A to Z 顧問公司的建議。
advice（建議）── 可以給予幫助的建言
proposal（提案）── 與交易有關的提案

4. 該軟體未經授權的拷貝是被禁止的。
duplicate（複本）── 文書類並為保管用的副本
reproduction（複製、拷貝）── 拷貝有著作權商品的行為

5. 在回憶時，她錯過了演講後面的部分。
recollection（回憶）── 回憶本身
remembrance（紀念、追悼）── 回憶後並紀念的行為

6. 顧客將不良品退貨，並得到全額退款。
product（商品、產品）── 強調製造行為，在工廠大量生產的物品
goods（商品）── 為販賣而生產的東西

7. 已經購買價值五百美金的設備給每個部門了。
worth（價值）── 指金錢上的，通常會跟量詞搭配使用
value（價值）── 相較支付的金額，該事物的價值

8. 根據我們的退貨政策，我們將樂意更換其他商品給您。
exchange（交換）── 互相給予並收下的行為
change（變化）── 人事物變化的過程

9. 我們需要願意跟身心障礙者一起工作的志工。
ability（能力）── 針對事情的能力
interest（興趣）── 對某個對象的興趣、關心

10. 我們公司是最適合你來當顧問的地方。
mentor（師父、指導者）── 作為老師帶領他人的人
consultant（顧問）── 職業上給予他人建議的角色

Step 3 實戰演練

1. 要退還您在網路上購買的商品，我們必須要在七天內收到您的退貨確認以及收據。
解答 (B)

2. 儘管公司股價下跌，收購 Real Corporation 一事仍通過了。
解答 (B)

3. 長期租車比起擁有私家車，是比較便宜的替代方案。
解答 (B)

4. Pacific 企業開了一個財務經理祕書的職缺。

解答 (B)

5. 你應該要知道這對未來表現並非一個好的指標。

解答 (A)

6. 當你填完評估表單，請確認你沒寫上自己的名字。

解答 (B)

7. 需要一種身分證件，例如有效的駕照或護照。

解答 (B)

8. 他們強烈鼓勵執行董事們參與公益組織。

解答 (A)

9. 除非擁有相關證照，否則他或她必須受到物理治療師的監督。

解答 (A)

10. 研究顯示重複性曝露在日曬下可能導致黑色素生成。

解答 (B)

Unit 76. 動詞 ①

Step 2 容易混淆的基礎單字

1. 分析人員預期設備的銷售量在明年會漸漸成長。
expect（期待、預期）── 針對已計劃的或是純粹對事情發生的可能性的預測
anticipate（預期、預測）── 不僅是指針對還沒發生的事件的預測，同時包含了對該事件的心理準備

2. 你在跟同事借東西之前，要有意料之外的心理準備。
borrow（借）── 借的人
lend（借）── 借出去的人

3. Kim 先生明年將會擔任審計委員會會長一職。
assume（擔任）── 用於職位
undertake（接下）── 用於工作內容

4. 因貨物在運送時發生破損，陶器小店將會賠償我。
reimburse（賠償、償還）── 先花了錢後，針對這個動作再拿回錢的行為
compensate（賠償、補償）── 通常用於因為不好的原因而收到的賠償

5. 你必須要把你十頁的報告精簡成一張摘要。
minimize（減少、縮小）── 減少量或是數值
condense（減少、簡要）── 壓縮空氣或是精簡對話或文字

6. 如果把羊毛浸泡到熱水裡就會縮水。
decrease（減少）── 程度或數量的縮減
contract（收縮、縮小）── 物質收縮後，體積變小

7. 如果您對產品有任何疑問，請聯絡業務人員。
contact（聯絡）── 利用電話或信件聯絡的行為
connect（連接）── 兩個人、事、物之間的相連或是相關

8. 我們明天將會在我們的展示廳展示新的機器。
demonstrate（說明、展示）── 為了讓對方能理解，針對事物機能的說明
show（展示、出現）── 把事物擺在一處，讓他人能看到

9. 請將您的垃圾與廚餘分開放。
separate（分開、分離）── 把黏在一起或是混在一起的東西分開
divide（分開）── 將一群集合體分成兩個以上部分管理

10. 看到您的徵才廣告，我已經將履歷與自薦函附在信中。
encircle（環繞、包圍）── 進行包圍動作的人或事物的視角
enclose（圍住、附上）── 將東西放到信中，或是以圍牆、籬笆、牆壁等東西圍住的行為

Step 3 實戰演練

1. 人力資源部將會僱用三個額外的人員補到行銷部門。

解答 (B)

2. 大家還沒有完全意識到租車要選車的時候，徹底檢查車子的重要性。

解答 (B)

3. 儘管公司在國內市場很成功，在建立分公司時卻遇到困境。

解答 (B)

4. 他們預期在反覆嘗試三到四個月後，可以得到好成果。

解答 (A)

5. 為了解除面試前的焦慮，必須要睡飽並攝取維他命 C。

解答 (B)

6. 等目前的人事部部長下個月退休後，John Cage 應該會接下他的位置。

解答 (B)

7. 公司購買了一些電腦設備，來簡化並將系統合併成一個全面的網路。

解答 (B)

8. 收購從廚具到烤箱的廚房產品公司將使公司的產品線多樣化。

解答 (A)

9. 我們將會在十二月一日推出新升級的型號 CDI-2000。

解答 (A)

10. 空服員請乘客在起飛與降落時，關閉他們的電子設備，並繫上安全帶。

解答 (B)

Unit 77. 動詞 ②

Step 2 容易混淆的基礎單字

1. 公司督促外國員工要守法。
insist（堅持）── 針對執行某件事或某些內容表達強烈的主張
adhere（固守）── 遵循或是支持並忠於某些規則或是協議的行為

2. 請仔細閱讀並遵照操作手冊來組裝你的咖啡桌。
follow（跟隨）── 跟著某個方向的行為或移動
precede（處在～之前）── 在某事發生前的行動或是事件

3. 請在你離開前填好問卷並繳回。
answer（回答）── 及物動詞，針對疑問或是提案的回應
respond（回答）── 不及物動詞，針對某事物的反應，或是書面的回覆

4. 檢察官拒絕起訴他詐欺。
indict（起訴）── 由檢察官等人正式提出的告訴
sue（告訴）── 請求賠償或要求訴訟的行為

5. 一些瘋狂粉絲阻擋表演者移動。
impede（妨礙）── 在事件開始之前，擋住並將其延遲的行為
prevent（預防）── 事件發生前，阻止其發生的行為

6. 部長必須解僱四百位員工，以減少公司人事成本。
fire（開除）── 因為對方的問題，追究責任而解僱
lay off（解僱）── 公司內部為調整結構，不得已的解僱行為

7. 在參訪過他們的工廠後，他決定接下這個公司的職位。
agree（同意）── 跟對方意見或是想法一致時
accept（接受）── 接受提案、要求、申請、招待等，或是認可的同意行為

8. 大家都相信 Seo 先生做的研究將會揭露幹細胞的最新發現。
reveal（揭示）── 揭開以往不知道的資訊或事實
admit（承認）── 針對已發生的事情坦誠公布

9. 我相信你的投訴很快就會送到調查員手上。
assume（推測）── 相信其為事實
assure（確信）── 以人物作受詞，表達自己的確定度

10. 我們將會持續拓展我們的研究活動，並開發新程式。
multiply（相乘）── 將數值以倍數處理
broaden（擴大）── 增加寬度或是規模的行為

Step 3 實戰演練

1. 他們將會舉辦第四屆的年度商業博覽會以宣傳商機。

解答 (B)

2. 這個教育訓練的目的在於增進員工間的合作。

解答 (B)

3. 他們幫忙解決勞資雙方的糾紛。

解答 (B)

4. 為了更有效率地經營，店長有策略性地更改了營業時間。

解答 (A)

5. 如果你試著要在園藝業界達到營業目標，就會需要特殊的設備跟工具。

解答 (B)

6. Fitzerland 企業從現在起，將會嚴格執行他們新的政策與程序步驟。

解答 (B)

7. 如果你表達出特別偏好哪個角色，我們經理會將之列入考量。

解答 (B)

8. 供應商預計在下一個工作天將貨物送達。

解答 (A)

9. 現在有越來越多公司會要求廣告代理商幫他們推廣商品與服務。

解答 (A)

10. 部長將會批准去年募到的資金的使用。

解答 (B)

Unit 78. 動詞 ③

Step 2 容易混淆的基礎單字

1. 惡劣的天氣可能會讓補給品送達時間延後。
result（導致）── 不及物動詞，以結論來看發生的事情
cause（導致）── 不好的結果所推回的因素

2. 當你抵達實驗室時，你會被要求遵守規定。
comply（遵從）── 遵循要求、規定的不及物動詞，常與 with 搭配使用
observe（遵照）── 及物動詞

3. 我們需要將捐贈的衣服分成女孩的跟男孩的。
cut（切割）── 把分開後的一部分丟掉
divide（分開）── 分開後的部分仍各自保留

4. 他非常夠資格，也應該要拿高薪。
earn（獲得）── 以勞力或服務獲取金錢
gain（獲得）── 透過努力得到

5. 他們會通知他，他的會員要到期了。
notify（通知）── 以人物為受詞，對象通常是個體
announce（宣告）── 對象通常是多數

6. 原料成本預期在下一個會計季度會大幅上漲。
rise（上升）── 不及物動詞
raise（提升）── 及物動詞

7. 經過長時間的協商後，他們今天似乎總算達成共識。
arrive（到達）── 不及物動詞，多與 at 或 in 搭配使用
reach（達到）── 及物動詞

8. 他將會在下午四點到銀行存入支票。
amount（合計）── 將數字加在一起
deposit（存入）── 表達把金錢交付保管或存錢

9. 當您在使用本產品時，請確保小孩不是獨自一人。
assure（確信）── assure 後方連接「人物＋ that / of」
ensure（擔保）── ensure 後方直接連接 that 子句

10. 在這個特惠期間，我們會免費將您的姓名刻在皮夾上。
enclose（附上）── 放進信封或附在信中
engrave（刻上）── 雕刻表面以標上東西

Step 3 實戰演練

1. 安檢人員建議我們長官要處理移除危險廢棄物的問題。

解答 (B)

2. 如果您想加入團隊，請立即寄信給我們。

解答 (B)

3. 請製作觀察表單，並每日針對安全性做評估。

解答 (B)

4. 公司從四月一日起，將會禁止員工上班時間使用手機。

解答 (A)

5. 我們小組將會參加研習，學習如何擬定策略並解決問題。

解答 (B)

6. 首先，你必須告訴你的直屬上司你想要調到別的城市。

解答 (A)

7. 比起青島，將你的工廠建在新德里才能讓你相較於對手仍保有高度競爭優勢。

解答 (A)

8. 一些書店專門販賣大學書籍，並提供學生折扣。

解答 (B)

9. 一整套包含指導方針的教育訓練，概述你如何履行責任的步驟程序。

解答 (B)

10. 新軟體程式的教育訓練將會於六月一日晚上六點半開始。

解答 (B)

Unit 79. 形容詞 ①

Step 2 容易混淆的基礎單字

1. 更新後的契約條款與條件都與之前相同。
   early（一早、一開始）── 指某一段時間的前期
   previous（以前的、事前的）── 指某一個時間順序上已經存在的

2. 員工們對於該消息興趣缺缺。
   marginal（微小的、邊緣的）── 一種很小、不重要、沒什麼利益可言的狀態
   pretty（相當地）── 表示一定程度的

3. 餐廳很快就客滿了，晚上六點只剩幾個位置。
   discarded（廢棄的）── 被丟棄的狀態
   unoccupied（空的、有時間的）── 房子、房間或是位置沒有被使用，空著的狀態

4. 我們會開初級課程給新加入的會員。
   connected（連結著的）── 彼此連接成一個網路或系統
   joined（加入的）── 加入團體或群體

5. 當你工作滿三年，就可以得到一大筆獎金。
   considerable（相當的）── 表現於規模大、重要的東西上，通常會與 impact、bonus、cost 等出現考題中
   considerate（顧慮的）── 常與 of 搭配使用，表示深深地考慮到他人

6. 他從卡車上下來檢查損壞的商品。
   injured（受傷的）── 因意外而受的傷
   damaged（損壞的）── 事物遭受物理性的破損，或是身體有一部分受傷的狀態

7. 請注意，若想成功請款，你必須利用指定的飯店。
   designated（指定的、指派的）── 表示為了達到特定目的而選擇的人事物
   restricted（限制的、限定的）── 因法律或規定而被限制或禁止的事

8. 因為公司發展了一個有效的策略，所以有辦法賺到可觀的營業額。
   enormous（龐大的）── 用來形容數值、量、規模或程度
   dramatic（激勵人心的、戲劇性的）── 用來表示撼動人心的事，或是令人印象深刻的

9. 請不要把無關的資訊包含在你的報告裡。
   irrelevant（無關的）── 跟某特定對象無關，所以不重要的東西
   irrespective（無關的）── 某特定狀況下，未影響到特定對象的事

10. 因為天氣因素，體育場內那場演唱會可能會延期。
    possible（有可能）── 可以達成、可以做到的事
    likely（似乎）── 某事物成為事實的可能性很高

Step 3 實戰演練

1. 每月報告顯示營業額有穩定的成長。
   解答 (B)

2. 週五和週六的講習活動還有票。
   解答 (B)

3. 董事會的成員們終於決定選擇一個更有效率的方法。
   解答 (A)

4. Mark Jones 因為其優異的表現，而有資格升遷。
   解答 (A)

5. Arendel Finance 正在尋找合格的銀行出納員。
   解答 (A)

6. Kevin Arnold 負責協調活動，並且監督每一個步驟。
   解答 (A)

7. 要應徵我們店的經理，你必須具有對電腦系統綜合的知識。
   解答 (B)

8. 如您所知，Fine Painting 以提供值得信賴的服務以及實惠的價格而聞名。
   解答 (A)

9. Irving 先生被認為是行銷策略同儕新世代中最有前途的。
   解答 (B)

10. 在你寄回貨物之前，請先向我們詢問是否可以針對損壞的物品退全額或是一部分金額。
    解答 (B)

Unit 80. 形容詞 ②

Step 2 容易混淆的基礎單字

1. 業界的龍頭之一 Herne Techology Systems 的總公司位於德國埃森。
   prevalent（流行的）── 表示在特定空間或人群間出現了某種共同的現象

leading（一流的、領導的）—— 最成功、最突出的，並位於主導位置的

2. 若您符合本職缺的條件，請寄申請書給我們。
required（必須的）—— 為了做某件事情，具有必要性的全部條件
obliged（有義務的）—— 因法律或義務必須要做的

3. Carroll Historical Society 將會看管縣市維護的歷史古蹟。
preserved（保存的）—— 保護東西不被污染或破壞
reserved（預留的）—— 因特殊目的，或為了某個人而維持某種狀態

4. 就能源效率而言，我相信沒有比我們現有系統更好的了。
superior（優秀的）—— 比某人或某事更有效果、更有力的
incompatible（無可匹敵的）—— 相較於其他事物特別出色，甚至無須比較的

5. 會計部門寄出催款的信。
outdated（過時的）—— 落後於時代，老舊而不能使用的
overdue（過期的）—— 過了應該要提交或是付錢期限的

6. 波士頓醫院在最近的醫院評價中獲得第一名的位置。
modern（現代的）—— 用於時代的現象，或是反映流行
recent（最近的）—— 強調發生的時間點

7. 我們有一個很有想像力與創造力的經理，他不斷研究解決問題的新方法。
imaginative（富有想像力的）—— 形容喜歡想像，同時擁有創造能力的狀態
imaginary（想像的）—— 表示某種只存於想像中的事物，或是不切實際的

8. 雖然網路很方便，但當你要找健康或節食妙招時，卻不是一個值得信賴的資訊來源。
dependable（可依賴的）—— 表示依靠他人或是事物的力量或幫助
reliable（可信賴的）—— 透過以往經驗或是客觀判斷而讓人覺得可依靠的

9. 有人回報說服用新藥後，出現了一些副作用。
averse（反對的、嫌惡的）—— 及物動詞，後方搭配介系詞 to
adverse（反對的、不利的）—— 常與名詞 weather、comment、condition 等一起使用

10. 兼職工人常常在週末時加班。
expanded（擴大的）—— 針對大小、數量等的擴大
extended（擴展的、延伸的）—— 延長期間、空間或時間

Step 3 實戰演練

1. 我們是知名的供應商，使用耐久度高的材料，以及高度防刮的塗料。
解答 (A)

2. 儘管原物料跟能源價格大幅上升，公司上個季度仍創造了令人滿意的收益。
解答 (A)

3. 我們所有的技術人員都有工程學背景，並且接受能讓他們提供最好服務的廣泛訓練。
解答 (B)

4. 升級現有的機器，將會帶來效率方面的大幅改善。
解答 (A)

5. 採購部希望藉由購買大量墨水匣以降低可觀的成本。
解答 (B)

6. 滑雪用品店的店員同意加班以得到特別獎金。
解答 (B)

7. 只要您有定期更換濾芯，我們的淨水器就會提供您值得信賴的服務。
解答 (A)

8. 視察員受邀參訪我們的工廠，他督促我們要做保護措施。
解答 (B)

9. 若您撥打 800-946-5956，致電 Travel4U，我們就能提供您全世界每個國家的特定資訊。
解答 (A)

10. 我們將會透過電子郵件確認您的預約，信中將會包含研討會的詳細行程。
解答 (B)

Unit 81. 副詞 ①

Step 2 容易混淆的基礎單字

1. 工廠承認他們持續往湖中傾倒污染物。
lastingly（持久地）── 已經開始，並一直持續下去的
continually（持續地）── 長期並不斷反覆的

2. 請在拜訪顧客後，將他們的資料正確地輸入至資料庫中。
accurately（正確地）── 具備所有細節，與事實完全相同的
assuredly（確定地、確信地）── 沒有疑心，對於該事物非常確信，用來修飾整個句子

3. 客服人員即時地回覆問題。
abruptly（突然）── 沒有任何徵兆，無法預期的
promptly（即時）── 沒有遲疑，迅速行動

4. 最近金跟銀的價格大幅下跌。
recently（最近）── 表示距離現在最近的過去時間點，常用於現在完成式
soon（就快）── 從現在往後推，非常短的時間或是立刻要發生的，常用於未來式

5. 我會親自迎接所有新會員來到我們的俱樂部。
personally（親自、個人）── 強調帶給個人影響的行為
respectively（各自）── 強調對於每個人都不同的行為

6. 最近一次的客戶服務訓練非常有用。
high（高的）── 形容高度或是程度
highly（非常）── 作強調用，與 very 的意思差不多

7. 空服員要求乘客確認他們的安全帶是否有綁緊。
adequately（充分地、適當地）── 表示適當的程度
tightly（牢固地、正確地）── 表示緊緊、牢牢地綑住的行為，常與 wrap、fasten 搭配使用

8. 公車站牌距離我們住的飯店很遠。
apart（隔開）── 表示兩個或多個東西的位置、距離相隔一小段
distance（距離）── 表示距離很遠，為名詞

9. 工廠位於一個人煙稀少的區域。
sparsely（稀疏地）── 密度非常低的
barely（僅僅、赤裸裸地）── 幾乎沒有，表否定

10. 我們公司預測六月初的收入將會大幅增加。
numerously（大量地）── 數量上來說很多
dramatically（顯著地、誇張地）── 表示變化或是增減差異很大

Step 3 實戰演練

1. 為了一點準時開始的職業發展講座，你應該要提早報到並登記。
解答 (A)

2. 他一定非常夠資格當企劃部經理。
解答 (B)

3. 製造公司可以直接販賣並寄送產品給消費者。
解答 (B)

4. 自從我們的廣告代理商開始在廣告中使用名人代言，我們的業績大幅上漲。
解答 (A)

5. 要預防你的電腦中毒，你必須要立刻安裝這個程式。
解答 (A)

6. Kim 女士預計暫時轉調去代理請產假的協理職務。
解答 (B)

7. 為了讓公車公司能運行地更有效率，市府交通局准許他們更改一些路線。
解答 (A)

8. 如果您已經仔細確認過操作手冊，但對 CLS250 仍有疑問的話，請與我們聯繫。
解答 (A)

9. 他們將會招募大約三十名新員工，以應付增漲的詢問。
解答 (B)

10. 主辦單位有責任要積極宣傳 World Water Forum 的活動。
解答 (B)

Unit 82. 副詞 ②

Step 2 容易混淆的基礎單字

1. 在測量你的確切尺寸後，這套洋裝將會為您專門訂製。
exclusively（專門地）── 針對特定人物或團體給予提案

extremely（極度地）—— 置於形容詞或副詞前方，強調程度

2. 為了在這個越來越競爭的市場下存活，我們需要改變管理系統。
consecutively（連續地）—— 某種不斷連接下去的行為
increasingly（漸漸地）—— 表示量或是程度持續增加

3. 工廠大部分的員工只開自家車上班。
only（只）—— 表示唯獨某事物如何如何，常置於最高級、介系詞片語或是名詞子句前方
exceptionally（例外地）—— 強調與其他的對象無法比較，非常特殊

4. 主要是因為預算問題，公司的活動將會重新安排。
primarily（主要）—— 占多數的，常與表理由的連接詞、表理由的介系詞、depend on 等等搭配使用
firstly（首先）—— 順序上，表示優先的

5. 儘管雨下很大，會議還是準時開始。
quite（相當地）—— 表示一定的程度或數量
heavily（非常、嚴重地）—— 難以負擔的程度，表示非常嚴重

6. 東京辦公空間的供給情形急速下跌。
rapidly（迅速地）—— 強調行動或是狀況進行的速度感
extremely（極度地）—— 置於形容詞或副詞前方，強調程度

7. 必須嚴格遵守安全措施。
strongly（強烈地）—— 表示行為的強度很高
strigently（嚴密地、嚴謹地）—— 表示嚴格地實行法律、規則或是規定等

8. 你訂的藍色鞋子現在已經沒有貨了，不過黑色的還有你的尺寸。
but（但是）—— 對等連接詞，用來連接單字、片語或是子句
however（然而）—— 副詞，通常置於分號（;）、and 或是句號後方

9. 他們還沒有發表最受注目的測試結果。
yet（仍然）—— 用於否定句後方
still（仍然）—— 用於肯定句，若用於否定句，會置於前方

10. 通常在定期的研習會之後，會進行意見調查。
normally（通常）—— 搭配現在式使用
once（曾經）—— 搭配過去式使用

Step 3 實戰演練

1. 經理會適當地處理由中國寄往北美的包裹客訴。
解答 (B)

2. 若您成為會員，將會定期收到我們寄去的新材料。
解答 (B)

3. 關於統計分析研究，在你下結論前，建議你仔細檢查數據。
解答 (A)

4. 因為資金不足，Neppia 公司特別專注在改善他們的技術上。
解答 (B)

5. 確認您有仔細地閱讀過操作手冊是很重要的。
解答 (A)

6. 對高品質標準長久持續的堅持，讓 MagMag 依然是業界龍頭之一。
解答 (A)

7. 雖然 Alan Paradise 飯店相對昂貴，但他們提供更好的服務。
解答 (A)

8. 我們要求公司設計一個讓潛在客戶可以立刻認出的商標。
解答 (B)

9. 店員的服裝被嚴格要求看起來要專業，而且要讓客戶滿意。
解答 (A)

10. 只要更換某些零件，他們毫無疑問可以修理壞掉的門。
解答 (B)

REVIEW TEST

1. 選出正確動詞的題型

說明　介系詞片語或副詞前方，應填入不及物動詞。而本題空格後方為副詞 competently，因此答案為 (D) function。(A)、(B)、(C) 皆為及物動詞。

解答　(D)

翻譯　並不是所有員工都滿意，因為有些人認為在以男性為中心的新公司政策下，有些女性無法正常發揮能力。

單字　function 功能，運作／ competently 勝任／ male-centered 以男性為中心

2. 選出正確動詞的題型

說明　找出正確及物動詞的題型，要由後方受詞判斷通順與否，而本題受詞 regulation 適合表「遵守規定」的動詞，因此答案為 (B) follow。

解答　(B)

翻譯　所有員工都被要求遵守規定，以維持公司內的和平與秩序。

單字　be required to 被要求

3. 選出正確名詞的題型

說明　若空格前後出現介系詞，請選擇與介系詞適合搭配的名詞。subscription 常與 to 搭配出現，表示「訂閱」，因此本題答案為 (D)。

解答　(D)

翻譯　透過網站來更新雜誌訂閱，遠比寄表單到辦公室要來得簡單。

單字　renew 更新／ subscription 訂閱／ form 表格

4. 選出正確動詞的題型

說明　因本題選項皆為及物動詞，因此由是否可與受詞搭配使用來判斷。適合搭配本題受詞 the database 的動詞，應為表「輸入、利用、連接」的 (C) access。(A) 為不及物動詞，(B) 意為翻修，(D) 意為限制，都與文意不符。

解答　(C)

翻譯　在家工作的人，將可以透過電腦網路從他們家存取公司的資料庫。

單字　teleworking 在家工作／ link-up 連結

5. 選出正確形容詞的題型

說明　適合搭配後方介系詞 with 的形容詞為 (A) consistent。be consistent with 表示「與～一致」，(B) 意為想要的，(C) 意為可預期的，而 (D) 意為普通的。

解答　(A)

翻譯　Carlson Health 新的營養補給品符合消費者需求，而且他們打算將這個產品輸出至全世界。

單字　dietary supplement 營養補品／ be consistent with 與～一致／ aim to 瞄準／ export 出口／ all over the world 全世界

6. 選出正確副詞的題型

說明　時間點 at 2:30 前方，填入 promptly，表示「準時」，因此答案為 (D)。

解答　(D)

翻譯　會議將準時在兩點半開始，所以請確保 Brooks 先生至少提前十分鐘到會議室。

單字　promptly 準時／ conference room 會議室

7. 選出正確副詞的題型

說明　空格後方連接介系詞片語 for children，因此答案為 (A) specifically。帶有「特別地」意涵的副詞，通常會用來強調介系詞片語，在考題中，特別常與「to＋名詞」、「for＋名詞」搭配使用。

解答　(A)

翻譯　這個方案不僅是設計給小孩，也同時給患有 ADHD 的大人。

單字　design 設計，構想／ specifically 特別地／ symptom 症狀

8. 選出正確副詞的題型

說明　詢問副詞的題型中，若選項有特定副詞，特定副詞為答案的可能性很高。highly 就是特定副詞，可以修飾形容詞跟副詞，跟空格後方的形容詞 unusual 搭配，意思為「非常不尋常的」，因此答案為 (B) highly。

解答　(B)

翻譯　自從公司成立後，非常難得見到她僱用比較沒有經驗的人。

單字　foundation 建立／ highly 非常／ unusual 不常見的／ hire 僱用／ relatively 相對地／ inexperienced 不熟練的，缺乏經驗的

9. 選出正確形容詞的題型

說明　適合搭配後方介系詞 to 使用的形容詞為 (B) accessible，be accessible to 意為「可使用的」。(A) 意為小心的，(C) 意為必要的，而 (D) 意為國家的。

解答　(B)

翻譯　AKL 電視台播放的某些影像資料，只要不是商業用途，任何人都能透過簡單的步驟輕易利用。

單字 video footage 影像資料／ air 播放／ easily 輕易地／ accessible to 可利用的／ through 透過／ process 過程／ commercially 商業地

10. 選出正確名詞的題型

說明 具「任務」意涵的名詞，通常會與同位語「be ＋ to 不定詞」配對出現，因此答案為 (A) mission。

解答 (A)

翻譯 Food Project 的任務，是將來自各種背景的工人們，打造成一個體貼並富有生產性的共同體。

單字 thoughtful 考慮周到的／ productive 生產的，豐厚的／ community 共同體／ diverse 多樣的

Part 6. 從屬連接詞＆填入正確句子

Unit 83. 填入連接詞

說明 選項都是連接詞，因此由空格前後語句的關係來判斷。空格前方內容為「消費者購買的產品，有十二個月保固期」以及「十二個月內可以免費修理與更換」，而後方內容「如果因消費者自己不小心的行為導致，就不包含在內」，可知前後為對照關係，因此答案為 (C) However（然而）。(A) 意為因此，(B) 意為所以，(D) 意為結果。

解答 (C)

翻譯 親愛的客戶：
感謝您購買 Gusto Espresso 咖啡機 ITL200。
當產品附上有效的收據時，從購買的時間開始計算，產品擁有十二個月的保固期。根據保固條款，我們將免費修理並更換您的產品。然而，保固不包含因不當使用、不當維護以及未經許可的改造原產品而損壞的情形。

單字 purchase 購買／ accompany 伴隨／ valid 有效的／ receipt 收據／ warranty 保固／ the date of purchase 購買日期／ according to 根據／ the term of the warranty 保固條款／ repair 修理／ replace 取代／ free of charge 免費／ warranty 保固書／ cover 包含／ defect 缺損／ cause 導致／ improper 不合適的／ maintainance 維護／ unauthorized 未經許可的／ modification 改造／ original 原本的

Unit 84. 填入正確句子

說明 連接副詞 In fact 是關鍵字。空格前方提到「預測電動車的銷量會增加兩倍」，此時可確認後方句子與連接詞之間的關係，再來判斷。所以後方理論上應該連接「相信未來只會販售電動車」最為合適，因此答案為 (B)。

解答 (B)

翻譯 Bath（五月七日）——雖然在 Bath 市的街上只有二十%的車子是電動的，但這數字正快速變動中。這都拜本市對電動車車主提供的稅務減免優惠所賜。另外，根據 Martin Freeman，Bath Green Businesses 的董事長所言，更吸引人的設計以及更持久的電力也是原因之一。Freeman 先生預測接下來幾年，Bath 的電動車將會是現況的兩倍以上。事實上，他相信二十年內這裡將只會販售電動車。

單字 at a rapid pace 以一個驚人的速度／ due to 由於／ generous 大量的，慷慨的／ benefit 好處／

according to 根據／ attractive 吸引人的／ longer-lasting 更持久的／ make a difference 導致有所差別／ predict 預測／ in the coming years 接下來的幾年／ moreover 此外／ convenience 便利性／ recharging station 充電站／ highway 高速公路／ in fact 事實上／ therefore 因此／ note 注意／ population 人口／ decrease 減少／ steadily 穩定地

Part 6. REVIEW TEST

第 1 到第 4 題，請參考以下郵件後作答。

> 收件人：Frances McDormand
> 寄件人：Max Lloyd-Jones
> 主旨：Re: 申請食物產業專家會議
> 日期：8 月 2 日
>
> 親愛的 McDormand 先生：
>
> 感謝您申請 8 月 19 至 22 日於溫哥華舉行的食物產業專家會議。
>
> 預計將會有大約一百五十名食物產業代表，分享他們對於食品安全的想法，以及準備與包裝食物的新科技。我們會在活動至少兩週以前，寄更多詳細資料給所有與會者。
>
> 不幸地，您選擇的其中一個研討會《食物包裝的進化》已經取消。因此，我將會把您轉至同場次時間的《安全的食物保管》。
>
> 若您對此安排不滿意，請聯絡我們以選擇其他主題。
>
> 非常期待 8 月與您相見。
>
> 誠摯地，
> Max Lloyd-Jones
> 活動規劃者

單字 approximately 大約／ representative 代表／ share 分享／ safety 安全性／ technology 科技／ packaging 包裝／ participant 參加者／ for the same time slot 同個時間帶／ look forward to 期待

1. 字彙題 —— 名詞

說明 文意上來看，應填入 (D) registering，使句子成為「感謝申請活動」。register for 意思為「登錄」，是常見用法。

解答 (D)

2. 字彙題 —— 時態

說明 寄送電子郵件的日期為 8 月 2 日，而第一段提到活動期間為 8 月 19 至 22 日，可知在活動兩週前寄送電子郵件應使用未來式 (A) will send。

解答 (A)

3. 填入連接詞

說明 前面提到本來選擇的研討會已經取消，後方則提出了解決的辦法，可知空格內應填入 (C) For this reason。

解答 (C)

4. 選出正確句子

說明 選項中的 this 是解題線索，空格前方提出解決辦法，因此選擇 (C)，表達「若對此（this）不滿，請與我們聯絡」的意思。

解答 (C)

(A) 通知飯店您是已登錄的與會者。
(B) 您稍後將會收到一封確認參加費用的信。
(C) 若您對此安排不滿意，請聯絡我們以選擇其他主題。
(D) 因此會議將會在雪梨的三個不同會場舉辦。

第 5 到第 8 題，請參考以下郵件後作答。

> 收件人：匿名的收件者
> 寄件人：robert.sheehan@maxmedia.com
> 日期：9 月 1 日
> 主旨：付款政策
>
> 親愛的撰稿人們：
>
> 我們將要改變付款給自由撰稿人稿費的程序，不針對每篇文章進行單次支付，而是一個月付款一次。我知道這可能會有點不方便，然而，每週要處理每個人的請款單實在是太花時間了。從現在起，請不要每次都提交你寫的文章的請款單，而是每個月提交一張請款單，列出該月份撰寫的所有文章。請於 9 月 7 日星期五前將附檔的表單簽完回傳給我。請務必執行，因為我們想確定您同意這個新的程序。
>
> 我們非常感謝您的協助。
>
> Robert Sheehan，人事部
> Max Media

單字 undisclosed 未公開的／ recipient 收件人／ payment 付款／ policy 政策／ process 過程，處理／ pay 支付／ however 然而／ time-consuming 費時的／ invoice 請款單／

starting now 從現在起／ itemize 逐項／ attached 附上的／ cooperation 合作，協助

5. 字彙題 —— 時態

說明 整篇內容是在說對自由撰稿人的付款，由單筆支付變成每月支付，以郵件來告知要換方式的事宜，因此應使用未來式，而針對不遠的未來，可用現在進行式代替未來式，因此答案為 (A) are changing。

解答 (A)

6. 字彙題 —— 名詞

說明 文意上來說，填入 (D) inconvenience（不方便），表示對於付款方式改變帶來的不方便感到抱歉，較為通順。

解答 (D)

7. 填入連接詞

說明 要將「請不要每次都提交你寫的文章的請款單」以及「每個月提交一張請款單，列出該月份撰寫的所有文章」連接起來，應選擇 (B) Instead（而是）。

解答 (B)

8. 選出正確句子

說明 選項中的 This 是解題線索，前方提到簽完回傳的要求，後方應該是在解釋為什麼要做這件事的原因，因此答案為 (A)。

解答 (A)

(A) 請務必執行，因為我們想確定您同意這個新的程序。
(B) 文章將會由我們編輯小組檢查。
(C) 你一提交文章後，就會立刻收到款項。
(D) 有些小細節被忽略了。

第 9 到第 12 題，請參考以下備忘錄後作答。

收件人：Box Office Staff
寄件人：Jaremy Ray Taylor, 主任
日期：11 月 15 日
主旨：政策更新

這封信是通知您關於我們古典音樂演奏會座位規定的變動，將會即刻生效。

近來收到許多來自觀眾在演奏會當天的要求，希望能坐在靠走道的位置，因為與前排的座位相隔較寬。從現在起，只有在購買票券的當下，我們才會接受這類的要求。往後，需要更多空間的觀眾，可以要求後兩排的位置，那邊通常比較不容易滿席。雖然離舞台較遠，但位置較舒適。此政策應能幫助我們避免表演開始後的抱怨。

單字 subject 主旨／ policy 政策／ inform 告知／ effective 有效的／ immediately 立即／ request 要求／ patron 顧客／ prefer to 偏好／ aisle 走道／ at the time 當～的時候／ subsequently 往後／ audience 聽眾／ extra 額外的／ space 空間／ ask for 要求／ row 排／ avoid 避免／ performance 表演

9. 文法題 —— 複合名詞

說明 如果無法從空格該句推測答案，確認全篇內容後，就可以掌握到解題線索。我們可以知道整篇文章，是關於會場座位規定變動的通知，因此答案為 (C) seating。

解答 (C)

10. 字彙題 —— 副詞

說明 用來修飾副詞子句（at the time tickets are purchased）的副詞，選擇 (A) only（只有），意思為「只有買票的時候」，文意較為通順。

解答 (A)

11. 文法題 —— 關係代名詞

說明 空格為修飾主詞 audience members 的形容詞子句連接詞，加上先行詞為人物，因此 (B) who need 為答案。

解答 (B)

12. 選出正確句子

說明 活用空格後方主詞 This policy 來找出答案。前面內容在勸導大家選後兩排的位置，可得知位置距離舞台遙遠，也很舒適，可以推測出應該是要說可以利用大空間，讓腳可以舒服一點的內容，因此結合以上兩個線索，(D) 應該是最適合填入空格的選項。雖然看到後面「應能幫助我們避免表演開始後的抱怨」的句子，可能很容易會選 (C)，但 This policy 這一句，其實是在為前面內容作整理，是要勸那些想要大空間的人，可以買後面的位置。因此 (C)「表演開始後，無法進場」這句與 This policy 該句文意連接不順。如

果只看兩句，似乎 (C) 也是正確答案，但這題必須要整篇閱讀完後，才能解出。

解答 (D)

(A) 很多人喜歡坐在靠近管弦樂隊的地方。
(B) 星期六晚上的表演可以吸引到最多人。
(C) 表演開始後，持票人無法進場。
(D) 雖然離舞台較遠，但位置較舒服。

Part 7. 閱讀文章類型分析

Unit 85. 電子郵件

Step 1 模擬例題

第 1 到第 2 題，請參考以下郵件後作答。

收件人：Laura Parker 女士
寄件人：星空宴會廳
主旨：第三間 Star Boutique 的開幕特惠

我們非常開心在此通知您，Star Boutique 第三間分店將在 Park Avenue 開幕。將會有全新的、搭配飾品的派對與婚宴服裝選擇。本分店有自己的設計師，因此也有獨家正式服裝的選擇。

即將到來的 7 月 7 日，我們將會舉辦開幕特賣與雞尾酒派對，需要穿著黑色禮服。特價商品將會包括所有的飾品、正式服裝與男女服飾。將有高達八折的折扣。

請將此信附檔中的邀請函印出並帶來，或是穿著黑色服裝出席活動。

我們期待您前來參與派對，謝謝。

Peter Stacy

單字 inform 告知／ whole 全部的／ bridal 新娘的／ hence 因此／ exclusive 特別的，限定的／ formal 正式的／ dress affair 需要穿著正式的場合／ print 列印／ be attached to 附上

1. 為什麼這封信要寄給 Parker 女士？
(A) 邀請她去新的分店
(B) 描述新娘禮服
(C) 提供一些新商品的資訊
(D) 詢問關於一些首飾的事

解答 (A)

2. Parker 女士被要求做什麼事？
(A) 印出電子郵件
(B) 在早上十點前抵達
(C) 參加一場演唱會
(D) 穿著黑色套裝前來

解答 (D)

Step 5 實戰演練

第 1 到第 2 題，請參考以下郵件後作答。

收件人：William Mach
寄件人：Elizabeth Swan
日期：10 月 5 日
主旨：推薦信

親愛的 Mach 教授：

在過去這四年來，我選修了您的四堂課程，真的非常享受且獲益良多。我希望您足夠了解我，並且對我的能力評價之好到足以為我寫一封推薦函。

您可以看一下附檔中的求職信，我正在尋找設計產業的工作，那需要我的繪畫與編輯能力。我附上了一份摘要表，讓教授能夠回想起一些我的重要報告，包含我的大四畢業論文。我也附上了履歷表，裡面有列出一些我的課外成就。

感謝您為我做的一切，並花時間檢閱這個請求。

誠摯的，
Elizabeth Swan

單字 benefit 獲益／ regard 看作，注重／ recommendation 推薦／ attach 附上／ industry 產業／ edit 編輯／ summary sheet 摘要表／ refresh 回想／ thesis 畢業論文／ accomplishment 成就／ review 檢閱

1. 找出主旨

說明 詢問郵件主題的題型，須仔細閱讀包含寄件主旨的第一段內容。郵件主旨為「Letter of recommendation」，加上第一段最後一句「write a general recommendation」要求幫忙寫推薦函，可知答案為 (D)。

解答 (D)

電子郵件的目的為何？
(A) 詢問新職位
(B) 詢問新課程
(C) 報告成就
(D) 要求寫推薦函

2. 詢問細節

說明 題目中提到「be sent with」就是在詢問附檔相關的事情，另外還有「be enclosed、be attached、be included」也都是此類題型。而第二段通常會提及附檔相關事宜，內文會出現「be sent with、be enclosed、be attached、be included」其中之一，也就是線索所在。本文中第二段第二句，包含 include 的「I have included a summary sheet to refresh your memory about some of my key papers, including my senior thesis.」中可看到，附檔為摘要表，因此答案為 (B)。

解答 (B)

附在電子郵件中的是什麼？
(A) 一份工作內容說明
(B) 一份論文的摘要
(C) 一份求職申請書
(D) 一封推薦信

第 3 到第 5 題，請參考以下郵件後作答。

收件人：Anna Moon
寄件人：Fortune Company
日期：7 月 3 日
主旨：歡迎來到 Fortune！

親愛的 Anna：

非常榮幸歡迎你加入 Fortune Company，我們非常興奮有你加入我們團隊，並希望你會在這裡工作愉快。在你加入團隊之前，你必須參加新員工的教育訓練。這個訓練在 7 月 21 日舉辦，同時你將會住在本公司的宿舍一星期。藉此，在你 8 月 1 日開始上班前，你可以知道更多本公司的規定與工作系統。

每個月的最後一個週六，我們會舉辦一個特別的職員派對來歡迎所有新員工。請在下週參與，來見見前輩們與這個月剛加入的其他新同事。

如果你在訓練期間有任何問題，請無須猶豫聯絡我，你可以透過電子郵件或是撥打我辦公室電話 000-0001 來聯絡我。

溫暖的問候，
Rebecca Brown，經理

單字 participate 參加／ hold 舉辦／ hostel 旅館／ new employee 新員工／ senior 資深的／ hesitate 猶豫

3. 找出主旨

說明 詢問主旨的題型，要仔細閱讀第一段內容。第一段第三行後面的內容為「訓練時間（The program will be held on July 21）、一週的宿舍生活（you will stay at our company's hostel for one week）、公司規定跟系統相關情報（There, you can learn more about our company's rules and working systems）等等，都是提供跟教育訓練相關的消息，因此答案為 (B)。

解答 (B)

電子郵件的目的為何？
(A) 描述公司政策
(B) 提供關於員工教育訓練的資訊
(C) 提及公司的地點
(D) 介紹一些公司產品

4. 詢問細節

說明 詢問時間點的問題，快速從全文中找時間的線索即可。題目問的是教育訓練結束的時間，時間在第一段中有提及，因此從本段落尋找線索。首先，文章中明確提及教育訓練是 7 月 21 日開始（will be held on July 21），接著又說到要住宿舍一個星期（you will stay at our company's hostel for one week），因此可以推測出答案為 (C) 7 月 27 日。

解答 (C)

教育訓練何時結束？
(A) 8 月 1 日
(B) 7 月 30 日
(C) 7 月 27 日
(D) 7 月 21 日

5. 詢問推論

說明 詢問暗示什麼（is implied about）的題型，雖然不是每次都會出現，但是屬於較複雜的題型，因此要將文章跟問題都仔細閱讀過才行。第一段提到「you will stay at our company's hostel for one week.」，「您將會住在本公司的宿舍一星期。」暗指了無法從家裡通勤，因此答案為(B)。

解答 (B)

以下何者是與 Moon 女士有關的暗示？
(A) 她將會擔任公司的經理。
(B) 訓練期間，她將無法從家裡通勤。
(C) 她會收到跟此信件內容一樣的傳真。
(D) 她將會從 7 月 21 日開始上班。

Unit 86. 新聞 & 報導資料

Step 1 模擬例題

第 1 到第 2 題，請參考以下新聞稿後作答。

Britney Wilson 的新書終於成為暢銷書

倫敦——由於 Britney Wilson 的最新小說終於可以在 Amazon.com 上購買，目前已迅速竄升至暢銷榜上。

Britney 的愛情小說《真愛》，在週一稍晚，同時位居實體書與電子書銷售的前一百名。她是用 Olive Gratel 的筆名發表這本書的。

星期一是這本書的正式出版日，但在這天以前卻一直無法在 Amazon 上訂購，因為網路業者跟 Britney 的英國出版商 Suria Book Group 在爭論電子書的規範問題。此外，購買《真愛》精裝版恐怕會令人失落，消費者被告知書籍需要二至四週才能送達。

Ronnie 網站上，《真愛》目前為實體書暢銷榜第一名，電子書暢銷榜第五名。

單字 novel 小說／ climb up 爬升／ purchase 購買／ e-book 電子書／ official 官方的，正式的／ publication 出版／ retailer 零售商／ publisher 出版社／ argue 爭論／ frustration 挫折

1. 本文的主旨為何？
(A) 宣告某些小說可於網上購買
(B) 報導《真愛》在某網站上為銷售第一
(C) 告訴讀者有一本小說已經竄升至暢銷榜
(D) 提供新書的資訊

解答 (A)

2. Olive Gratel 是誰？
(A) 設計師
(B) 作家
(C) 導演
(D) 稽查員

解答 (B)

3. 下列句子應填入 [1]、[2]、[3]、[4] 哪個位置？
(A) [1]
(B) [2]
(C) [3]
(D) [4]

解答 (C)

Step 5 實戰演練

第 1 到第 3 題，請參考以下報導後作答。

因為六月氣候異常溫暖，使得今年日本的夏天提早到來。這提供了人們更多從事戶外活動或運動的機會，溫暖的氣候也增加了夏季疾病的流行。

衛生部說注意疾病的傳染尤其重要，例如眼睛疾病、由蚊子帶原感染以及由食物帶原感染的疾病。一些例子中，初期症狀後，緊接而來的可能是更嚴重的症狀，例如痲痹等。

預防眼睛疾病與食物帶原傳染病最好的方法，就是適當並定期洗手。為避免染上這些疾病，衛生部說確定食物是否有煮熟這點很重要。

「煮熟食物，特別是肉類與海鮮。」衛生部發言人說道：「請確定你在做菜前有把手洗乾淨。」

單字 unusually 不尋常地／ opportunity 機會／ engage in 從事／ outdoor 戶外的／ prevelance 流行／ disease 疾病／ particularly 特別地／ aware 認知到／ illness 疾病／ infection 感染／ borne 帶有的／ initial 最初的／ symptom 症狀／ serious 嚴重的／ paralysis 痲痹／ properly 適當地／ regulary 定期地／ ensure 確保／ thoroughly 全面地

1. 找出主旨

說明 詢問報導的主旨題型，要先仔細閱讀第一段落。第一段第二句「While it provides more opportunities for people to engage in outdoor activities and sports, the warm weather also increases the prevalence of summer disease.」中，可得知「這提供了人們更多從事戶外活動或運動的機會，溫暖的氣候也增加了夏季疾病的流行。」因此答案為 (C)。

解答 (C)

本文的主旨為何？
(A) 戶外活動的危險性
(B) 被蚊子傳染的風險
(C) 針對夏季疾病的警覺
(D) 日本的天氣預報

2. 掌握事實

說明 本題為（NOT）TRUE 題型，如果選項都是句子，通常線索都四散於文章中。第二，如果題目為未來式（will），通常線索會位於最後一段，或是未來時態的句子中。最後一段的內容，是在說明預防疾病的方法。(A) 可以對照到第一句的「wash your hands properly and regularly」，而 (C) 則可以對照到第二句的「ensure that food is cooked thoroughly」，最後，(D) 則可以由最後一句的「wash your hands before you start cooking」做確認。(B) 相較於 (C)，說的是肉半熟的狀態，與文章不符，因此答案為 (B)。

解答 (B)

根據文章，下列哪一個舉動無法預防夏季疾病？
(A) 規律地洗手
(B) 煮肉煮到半熟
(C) 煮肉煮到全熟
(D) 在做菜前先洗手

3. 句子填入

說明 題目所提供的句子，內容為「之後可能會伴隨更嚴重的症狀」，所以最適合放在描述要小心特定疾病的第二段後方，因此答案為 (C) [3]。

解答 (C)

文章中所標示的位置 [1]、[2]、[3]、[4]，哪一處適合填入以下句子？
「一些例子中，初期症狀後，緊接而來的可能是更嚴重的症狀，例如痲痹等。」
(A) [1]
(B) [2]
(C) [3]
(D) [4]

第 4 到第 6 題，請參考以下報導後作答。

Sutera 在韓國設立營業部

Sutera 飯店企業在首爾設立了營業部，這將全球各地 Sutera 飯店與計劃到韓國出差或觀光旅遊的遊客串連在一起。這是繼中國、日本、香港及新加坡後，亞洲第五間地區性的營業部辦公室。首爾辦公室大多會和韓國的大企業以及大規模的旅行社合作。

亞太地區的國際營業部副總 Jason Pang 提及，韓國辦公室預期在下個月達到目標十%的業績成長。

「韓國是我們亞太地區前五名的市場，我們在這個國家看到無窮的潛力。」Pang 說道。

根據 Pang 的說法，韓國出入境市場就訂房數與營收來說，從 2012 至 2013 年以來已經成長二十五%，相較亞太地區在同一時間的成長率只有十%。

單字　leisure 休閒／ regional 區域的／ enterprise 企業／ wholesale 大規模的／ vice president 副總／ global 全球的／ be expected to 預計／ reach 達到／ inbound 國內／ outbound 國外／ in terms of 就～而言／ revenue 收入

4. 找出主旨

說明　詢問報導的主旨題型，先仔細閱讀第一段落。從「The Sutera Hotel Corporation has opened a sales office in Seoul」，「Sutera 飯店企業在首爾設立了營業部」一句可知答案為 (C)。

解答　(C)

本文主旨為何？
(A) 宣傳新開幕的飯店
(B) 描述 Sutera 飯店的事業
(C) 宣布設立新的營業部
(D) 通知經理關於飯店的新計畫

5. 詢問細節

說明　閱讀報導中與人物相關的線索，主要落在第二段，尤其是逗點後的內容，也就是「人物＋逗號＋身分」的句型。從「Jason Pang, the vice president of global sales for the Asia-Pacific region」一句，可知 Pang 是營業部副總，因此答案為 (A)。

解答　(A)

Jason Pang 是誰？
(A) 營業部副總
(B) 襄理
(C) 客服經理
(D) 總經理

6. 掌握事實

說明　(A) 可以對照第四段「inbound and outbound markets have grown 25 percent」，然而題目詢問的是韓國辦公室的資訊，25% 成長則是與出入境市場有關，所以 (A) 是錯誤資訊，答案為 (A)。而 (B) 則在第二段「said the Korean Office is expected to reach its goal of 10-percent sales growth in the coming month」有提及。(C) 則是寫在第一段中的「The regional sales office is the fifth in Asia, following ones located in China, Japan, Hong Kong, and Singapore」，(D) 寫在第三段「We see huge potential in the country」中。

解答　(A)

關於韓國辦公室的說明，下列哪一項未被提及？
(A) 它已經達到二十五%的成長率。
(B) 它將會在下個月達到銷售目標。
(C) 這是該公司在亞洲的第五個辦公室。
(D) 它處於具有強大潛力的市場中。

Unit 87. 廣告

Step 1 模擬例題

第 1 到第 2 題，請參考以下廣告後作答。

Luxury Interior Studio 徵求工作室／專案經理

Luxury Interior Studio 正在尋找有條理又勤奮的工作室統籌。本工作室專門替高級飯店、餐廳、酒吧與住宅打造品牌、室內建築、設計與開發。

工作室／專案經理必須要確保所有專案都能在預算內且如期完成，並負責以下工作：

‧協助安排工作室資源與預約外部資源。
‧控管專案進行的時間，並確保工作在預算內完成。
‧隨時都要完整回報所有進行中的專案階段。

經理必須要有很強的工作適應能力，同時必須要有建築業或是室內設計業的相關經驗或背景。經理也要會使用 AutoCAD、MS Project、Photoshop、Illustrator 與 Excel。

若您符合以上條件，請至我們的網站上應徵：www.STUDIO.com

單字　luxury 豪華的／ look for 尋找／ specialize in 專精於／ architecture 建築／ residence 住宅／ ensure 確保／ budget 預算／ schedule 行程／ assist in 協助／ schedule 安排／ at all times 隨時／ adaptable 適應力強的／ essential 必要的／ proficient 熟練的／ apply 申請

1. 這個廣告的目的為何？
(A) 邀請大家參加開幕儀式
(B) 應徵職位
(C) 介紹新產品
(D) 尋找新職員

解答 (D)

2. 以下哪份職責沒有被提到？
(A) 確保專案在預算內完成
(B) 安排工作室的資源
(C) 報告專案的完成情況

(D) 協助預約外部資源

解答 (C)

Step 5 實戰演練

第 1 到第 2 題，請參考以下廣告後作答。

一份大學教職

工作時間：全職
薪資：年薪 28 ～ 36K 英鎊

一個讓教授能在倫敦優秀的私立大學任教的絕佳機會來了。由它在學生之間的名氣，以及畢業生的成就，顯示了這所大學在科學方面非常有貢獻。

大學所提供的資源與設施非常出色，除了優異的學術之外，學校內的氣氛友善活潑，富含豐富的運動及課外活動，學生都可以參與。

合格的人選將會教授高等物理或是化學，能夠積極參與校內事務並活躍在學界領域做出貢獻更是加分。這份工作最主要的條件，便是對科學的熱情，以及投注心力讓它成為一個令人興奮又受益良多的科目。

若您想更加了解本職缺，請提交您的簡歷至以下地址。

單字 opportunity 機會／ professor 教授／ outstanding 優秀的／ independent 私立的／ college 大學／ commitment 貢獻／ science 科學／ popularity 人氣／ achievement 成就／ available 可能的，可利用的／ excellent 優秀的／ in addition to 此外／ friendly 友好的／ atmosphere 氣氛／ a wide range of 廣泛的／ extracurricular 課外的／ activity 活動／ involve 參與／ applicant 應徵者／ desire 欲望／ contribute 貢獻於／ community 社群／ advantage 優點／ requirement 要求／ passion 熱情／ rewarding 有益的／ submit 提交

1. 找出主旨

說明 「What position is being advertised?」的問題，就是在詢問主旨。通常詢問廣告主旨的題型，線索要從包含標題的第一段找起。徵才廣告的標題為「大學教職」（A Teaching Post at a University），同時第一段中提到「A great opportunity has arisen for a professor to work at an outstanding independent college in London.」，「一個讓教授能在倫敦優秀的私立大學任教的絕佳機會來了。」可知答案為 (B)。

解答 (B)

廣告招募的是什麼職缺？
(A) 技術人員
(B) 大學講師
(C) 科學家
(D) 圖書館員

2. 掌握事實

說明 題目詢問資格條件時，相關線索通常落在第三段。選項 (A)、(B)、(D) 都有在第一句「The successful applicant will teach either physics or chemistry at a very high level.」中提到，唯獨生物學未被提及，因此答案為 (C)。

解答 (C)

關於職缺的資格條件，下列何者未被提及？
(A) 化學專攻
(B) 主修科學
(C) 生物學專攻
(D) 主修物理學

第 3 到第 5 題，請參考以下廣告後作答。

您想在展覽和活動銷售中
開創自己的職業生涯嗎？

我們正在尋找擁有六至十二個月銷售經驗的業務主管，我們最感興趣的正是您的銷售技巧與能力，是否擁有任何相關經驗並非必要條件，因此若您正在考慮轉換跑道，這可能是最完美的工作。

銷售高價的展覽會套組，對您的銷售技巧將會是一個刺激的挑戰。

怎樣的人才有資格呢？擁有：
・創新的銷售技巧
・最好具備六至十二個月的銷售經驗
・可勝任的溝通技巧
・高學歷，但學位只是加分非必要條件

起薪與經驗有關。從一萬八千英鎊起跳，有經驗者最高可至三萬五千英鎊，這不包含獎金！

現在就造訪我們的網站 www.eae.co.uk 應徵。

單字 build 建立／ career 職業／ exhibition 展覽／ executive 管理人員／ experience 經驗／ skill 技能／ ability 能力／ interested 有興趣的／ requirement 要求／ relevant 相關的／ perfect 完美的／ consider 考慮／ value 價值／ challenge 挑戰／ innovative 創新的／ ideally 理想地／

competent 有能力的／ preferred 偏好的／ essential 必要的／ dependent on 依靠／ commission 佣金

3. 找出主旨

說明 通常詢問廣告主旨的題型，線索要從第一段找起。在第一段中提到「We are looking for sales executives with 6-12 months of sales experience」，「我們正在尋找擁有六至十二個月銷售經驗的業務主管」可知答案為 (B)。

解答 (B)

廣告招募的是什麼職缺？
(A) 會計師
(B) 業務
(C) 談判者
(D) 收銀員

4. 掌握事實

說明 NOT 題型出現時，從有編號的地方找線索。本題詢問的是資格條件，第二段主要就是在描述資格條件，同時這裡也出現了編號，完全符合線索所在的要素。(A) An ability to make sales（銷售能力），可對照 innovative sales skills（創新的銷售技巧）；(B) Experience in sales（銷售經驗），則對照 ideally, 6-12 months of sales experience（最好具備六至十二個月的銷售經驗）；而 (D) Proficiency in communication skills（純熟的溝通能力），則是對應到 Competent communication skills（可勝任的溝通技巧）。至於「An A-level education; a degree is preferred but not essential.」提到學位並非必要，因此答案為 (C)。

解答 (C)

關於職缺的要求條件，下列何者未被提及？
(A) 銷售的能力
(B) 銷售的經驗
(C) 學位
(D) 純熟的溝通能力

5. 詢問細節

說明 此題旨在詢問應徵方法，線索可在最後一段尋找。最後一句「Apply now by visiting our website at www.eae.co.uk」可知文章要求大家透過網站應徵，因此答案為 (C)。

解答 (C)

應徵者該如何應徵工作？
(A) 寄送應徵信函
(B) 與負責人員會面
(C) 造訪網站
(D) 聯絡辦公室

Unit 88. 書信

Step 1 模擬例題

第 1 到第 2 題，請參考以下書信後作答。

J&J Store
42 Gaya Street, Sabah
電話：755-4254
6 月 20 日

Stella 女士收
20 Pitt Street, Sabah

親愛的 Stella 女士：

我們的紀錄顯示您從 J&J's 去年開幕起便是我們的顧客。我們在此感謝您的支持，藉此邀請您參加 6 月 25 日第二間分店的開幕。

如您所知，我們店鋪針對個人以及商業應用，提供完善且多樣的電腦、軟體與硬體套裝。我們所有的存貨，包括所有的電子設備以及軟硬體配備，折扣都將下殺至七折到五折。此外，請收下隨函附上的二十美金折價券，當您在本店購買兩百美金或以上的商品時可出示使用。

我們期待看到您於 6 月 25 日出現在 J&J's 的新店鋪。開幕特惠活動僅限有邀請函才能參與，請您攜帶此邀請函並於入場時出示。

Lily Lohan
店鋪經理

單字 record 紀錄／ customer 顧客／ opening 開幕／ offer 提供／ complete 完整的／ diverse 多樣的／ application 應用／ mark down 降價／ in addition 此外／ enclose 附上／ voucher 折價券／ look forward to -ing 期待／ present 出示

1. 這封信的目的為何？
(A) 描述公司的業務
(B) 邀請他人至新開幕的店鋪
(C) 詢問意見
(D) 感謝顧客

解答 (B)

2. 隨信附上的是什麼？
(A) 兩百美元現金
(B) 二十美元現金
(C) 折價券
(D) 邀請函

解答 (C)

Step 5 實戰演練

第 1 到第 2 題，請參考以下書信後作答。

親愛的 Stella 女士：

我們非常榮幸您能選擇 J&J's 購買您的筆電。我們的員工很開心能為您服務，希望您能享受新筆電的便利性與品質。

讓我們一併向您提醒，我們提供像您一樣購買筆電的顧客特殊小禮。您的免費筆電配件，包含了電腦包、螢幕保護貼以及滑鼠墊已經送達了。這些配件都是我們給您的小禮，請在本月的任何時間前來領取。

您是否也注意到我們有販賣筆電用懶人桌呢？一款擁有多種顏色、優美設計的懶人桌剛到貨。歡迎來瞧瞧我們的商品，我們非常樂意為您的筆電尋覓合適的完美桌子。

若您有任何疑問，請撥打 755-4254 聯繫我們。

誠摯地，
Michael Jones
業務部主任

單字 delighted 開心的／ convenience 方便性／ quality 品質／ remind 提醒／ accessory 週邊，配件／ mousepad 滑鼠墊／ drop by 順道拜訪／ pick up 拾取／ shipment 貨物／ elegant 優雅的／ selection 產品，選品

1. 找出主旨

說明 主旨題型的線索，從第一段中找尋，第一段中提到主旨線索的可能性有九十%。此外，句中包含動詞（remind、inform、announce）或是段落中包含這些動詞，內容可能也跟主旨相關。本題中，在第二段出現了 remind，因此第二段即為說明主旨的段落，第一句中「Let us also remind you that we are offering some special gifts for anyone who buys the laptop you did.」與最後一句「Drop by any time this month to pick them up.」，綜合來看可知答案為 (B)。

解答 (B)

這封信的主要目的為何？
(A) 描述產品的一些特色
(B) 提醒客戶造訪店鋪
(C) 詢問顧客的意見
(D) 提供新筆電的一些資訊

2. 詢問細節

說明 題目中出現「is indicated about」表示是要詢問是否為事實。此題型可由 about 前後方的名詞子句，或是周圍尋找線索。Stella 是收件人，也就是信件中的 you，找出文中的 you，並從上下句中尋找線索。第一段透過「We are pleased that you chose J&J’s for your laptop purchase.」可知筆電是最近買入的，因此答案為 (C)，這邊的 electric equipment 就是指 laptop。

解答 (C)

關於 Stella 女士，可以得知什麼？
(A) 她為她的新筆電買了一些配件。
(B) 她很快就會造訪 J&J’s。
(C) 她最近買了電子產品。
(D) J&J’s 將會提供她筆電懶人桌。

第 3 到第 5 題，請參考以下書信後作答。

Anita Yong
514 Main Street，洛杉磯
Eric Park 先生收
人力資源部經理，Pacific 飯店

親愛的 Park 先生，

由於本人的資格條件與工作經驗，都符合您在徵才廣告上提到的所有資格標準，因此我想要應徵 Pacific 飯店前台經理的職位。如您所要求的，我隨信附上了填寫完畢的應徵表、證書以及履歷。

我擁有洛杉磯大學飯店管理學的碩士學位。於畢業後在澳洲的 BAC 飯店有一年的實習經驗。過去五年來我在洛杉磯的 Khan’s 飯店服務。此外，我曾有過管理八人團隊的經驗。我的溝通能力也很不錯。而您在徵才廣告中提到的工作職責，也與我目前所負責的類似。

請您瀏覽我的履歷，以獲取更多經驗相關資訊。若您想與我聯繫，在下午一點至七點之間可以隨時撥打履歷表上所附的電話號碼給我。

感謝您的時間與考量，我期待與您談論關於本職缺的事。

Anita Yong

單字　apply for 應徵／ position 職位／ qualification 資格／ work experience 工作經驗／ satisfy 滿足／ eligibility 合格／ criteria 標準／ mentioned 提及的／ requested 要求的／ certification 證書／ resume 履歷／ degree 學位／ hospitality management 飯店管理學／ internship 實習／ in addition 此外／ job advertisement 徵才廣告／ currently 現有／ consideration 考量

3. 找出主旨

說明　「Why was~ written?」為詢問主旨的句型，因此請從第一段中尋找解題線索。一開頭就提及「本人的資格條件與工作經驗，都符合您在徵才廣告上提到的所有資格標準」，前面也提及「I wish to apply for the position of front desk manager at the Pacific Hotel」，可知道主角要應徵的是 Pacific 飯店的前台經理，因此答案為 (C)。

解答　(C)

寫這封信的原因為何？
(A) 排定面試時間
(B) 拒絕工作機會
(C) 提交應徵函
(D) 說明職缺的資格條件

4. 詢問細節

說明　「How long~」為開頭的考題並不常見，關於時間點相關的題型，迅速掃過全文，找到時間相關說明，並從前後文中找線索。本題詢問的是在 BAC 飯店工作的期間，相關內容在第二段第二句「I have a year of experience doing an internship at the BAC Hotel in Australia.」，提及一年的實習經驗，可知答案為 (A)

解答　(A)

Anita Yong 女士在 BAC Hotel 工作了多久？
(A) 一年
(B) 五年
(C) 八年
(D) 兩年

5. 掌握事實

說明　(A) 可對照第一段最後的句子「As requested, I am enclosing a completed job application form, my certification, and my resume.」；(C) 則為第三段第一句「In case you need to get in touch with me, please feel free to contact me at the phone number listed on my resume anytime between 1 p.m. to 7 p.m.」；(D) 在第一段第一句「I wish to apply for the position of front desk manager at the Pacific Hotel」。第二段第二句「I have a year of experience doing an internship at the BAC Hotel in Australia.」，為實習生而非經理，因此答案為 (B)。

解答　(B)

關於 Anita Yong 女士，下列哪一項未曾提及？
(A) 她已經提交了應徵函。
(B) 她曾在 BAC 飯店擔任過經理。
(C) 她下午三點可以通電話。
(D) 她應徵了前台經理的職位。

Unit 89. 備忘錄

Step 1 模擬例題

第 1 到第 2 題，請參考以下備忘錄後作答。

給：行銷小組
來自：Richard Picker
日期：7 月 25 日
回覆：行銷計劃修訂會議

7 月 28 日的下午一點至五點，我們要在經理的會議室開部門會議，討論我們八月十五日要提交給董事長的修訂版策略性行銷計劃。

請仔細檢查這些文件資料，並準備以下列主題為主的初期報告：

商品開發部經理：醫療保健公司的需求，以及他們現有的滿意度與威脅程度。

行銷部經理：產品、價格、宣傳，以及針對主要競爭對手的布局策略。

國際業務部經理：業務組織與策略，包含與其他保健公司關係的改善。

單字　hold 舉辦／ conference room 會議室／ discuss 討論／ revised 修正的／ strategic 策略性的／ submit 提交／ closely 仔細地／ examine 檢查／ document 文件／ prepare 準備／ initial 最初／ presentation 發表／ following 以下的／ present 現有的／ pricing 價格／ distribution 分配／ competitor 競爭者／ including 包含／ improvement 改善／ relationship 關係／ concern 公司

1. 這個備忘錄的目的為何？
(A) 邀請員工參加研討會
(B) 介紹一個新員工
(C) 通知大家確切的會議日期
(D) 提供會議的一些細節

解答 (C)

2. 根據這個備忘錄，經理們被要求做什麼事？
(A) 準時出席會議
(B) 準備好發表報告
(C) 在會議前提交一些文件
(D) 填寫關於會議的問卷

解答 (B)

Step 5 實戰演練

第 1 到第 2 題，請參考以下備忘錄後作答。

給：全體祕書
來自：經營管理小組
日期：6 月 5 日
主旨：若未按照規定穿著制服，將予以解僱

我們上週開了行政會議，來自海外各地分公司的管理高層皆參與其中。我們應該要穿著適當的制服出席會議，但老闆非常失望，因我們只有一部分的人穿制服。因此老闆命令全體人員從七月一日起，都需穿著新制服。

他希望我提醒你們所有人，若不遵從規定將會有相應的處罰。第一次違反，將會給予口頭警告。第二次時，違反的人將會被停職一至三十天，而第三次就會直接被開除。

讓這件事成為我們的警戒，一個疏忽的小動作，可能會是被解僱的理由。祝大家有美好的一天！

單字 executive conference 行政會議／ supervisor 管理階層／ overseas 海外／ cooperation 合作／ participate in 參加／ proper 合適的／ disappoint 失望／ uniform 制服／ boss 老闆／ wear 穿／ remind 提醒／ corresponding 符合的／ reprimand 訓斥／ suspend 停止／ dismiss 解僱／ negligence 疏忽

1. 找出主旨

說明 「Why was~ written?」為詢問主旨的句型，因此請從第一段中尋找解題線索。最後一句「Our boss has therefore ordered all of us to wear our new uniforms starting on July 1.」中，得知「老闆命令全體人員從七月一日起，都需穿著新制服」，可推測答案應為 (C)，提醒員工要穿指定的制服。

解答 (C)

這個備忘錄的主旨為何？
(A) 通知員工有些人已被解僱的消息
(B) 宣布新的制服已送達
(C) 提醒員工要穿指定的制服
(D) 告知關於員工政策的資訊

2. 掌握事實

說明 NOT 題型的線索，通常都位於對等連接詞（and、but、or）連接的語句之中。第二段第二句中，以對等連接詞（and）連接的「For the first offense, a reprimand shall be given. For the second offense, the offending person will be suspended anywhere from 1 to 30 days. And a person will be dismissed from the job for the third offense.」提及關於懲戒的內容，因此 (B) 符合 the offending person will be suspended anywhere from 1 to 30 days，(C) 符合 And a person will be dismissed from the job for the third offense， 而 (D) 符合 For the first offense, a reprimand shall be given，內文中未提及薪資事宜，因此答案為 (A)。

解答 (A)

下列哪一項並非可能的懲戒？
(A) 員工薪資會被調降。
(B) 員工會被停職。
(C) 員工會被解僱。
(D) 員工會受到口頭警告。

第 3 到第 5 題，請參考以下備忘錄後作答。

給：業務人員
來自：管理部門
日期：7 月 1 日，星期一
回覆：新的季度回報系統

我們再次快速複習一次週一特別會議上討論到的，關於新的季度回報系統的改變。首先，我們想再次強調當你未來回報業績時，這個新系統將會為你省下很多時間。

為了完成你的區域客戶清單，先來看一下你必須要遵守的步驟：

1. 登入公司網站 http: / / www.salesandgoods.com
2. 輸入你的使用者帳號和密碼。帳號和密碼將會在下週核發。

3. 一旦你登入後，點選「新客戶」。
4. 輸入適當的客戶資料。
5. 重複步驟三和四，直到你輸入完你所有的客戶。

如你所見，一旦你輸入了適當的客戶資料，處理訂單就不再需要任何紙本文書作業了。

單字 quickly 快速地／ quarterly 季度的／ discuss 討論／ stress 強調／ log on 登入／ enter 輸入／ password 密碼／ issue 核發／ appropriate 適當的／ paperwork 文書作業

3. 找出主旨

說明 關於新系統的操作步驟共有五個，在步驟一之前提到「Here is a look at the procedure you will need to follow to complete your area's client list.」，裡面出現了 follow，通常備忘錄的主旨都是在編號項目之前，並且像這樣出現 follow 的句子。本句說的是「為了完成你的區域客戶清單，先來看一下你必須要遵守的步驟」，因此答案為 (B)，提供如何使用新系統的操作指南。

解答 (B)

這個備忘錄的主旨為何？
(A) 宣傳新的回報系統
(B) 提供如何使用新回報系統的操作指南
(C) 介紹新的回報系統
(D) 告知關於公司網站的資訊

4. 詢問細節

說明 詢問時間（When）的題型，直接從全文中找出提到時間點的地方解題。尤其是詢問日期的題型，要先找到文章左上角寫下備忘錄的日期作為參考。題目詢問「員工何時才能拿到帳號密碼？」，備忘錄的日期為 7 月 1 日，而步驟二提到「These will be issued by next week」，「帳號和密碼將會在下週核發」，可知最適合的選項應是 (B) 7 月 8 日。

解答 (B)

根據備忘錄，員工何時才能拿到帳號密碼？
(A) 7 月 1 日
(B) 7 月 8 日
(C) 7 月 18 日
(D) 7 月 28 日

5. 詢問要求

說明 詢問要求的題型，線索要由文章下半部的命令句中找尋。步驟四「Enter the appropriate client information.」，可知答案應為 (A)。

解答 (A)

員工被要求做什麼事？
(A) 在新系統上填寫客戶清單
(B) 自己建立帳號與密碼
(C) 將所有的客戶資料寫到紙上
(D) 針對新系統提供意見回饋

Unit 90. 公告

Step 1 模擬例題

第 1 到第 2 題，請參考以下公告後作答。

關於辦公室穿著的公告

所有員工請注意，本公告是有關員工制服的事。如上週所提到，所有員工在辦公室內都必須穿著制服。目前大部分的員工都有遵照規定，但仍有些員工未穿著適當的制服。

適當的員工制服，能夠為辦公室增加信譽與威信，此效果同樣套用在員工個人身上。

所有員工都必須嚴格遵循服裝規定，下個月開始，違反者將會受到懲戒。所有的管理階層也都必須要寄送每日報告，寫下部門內違反服裝規定的員工姓名，交給行政部門。

感謝您的協助。

有任何疑問，請撥打 386-2678 聯絡人資部門。

單字 attention 關心，注目／ regarding 關於／ be required 被要求／ comply with 遵照／ however 然而／ proper 合適的／ reputation 聲望／ dignity 尊嚴／ strictly 嚴格地／ adhere to 遵循／ dress code 服裝規定／ disciplinary 懲罰／ supervisor 上司／ administration 行政／ state 陳述／ inquiry 疑問

1. 本公告的目的為何？
(A) 通知員工必須穿著制服
(B) 提供購買辦公室制服的資訊
(C) 通知員工公司的政策
(D) 宣傳公司的新制服

解答 (A)

2. 以下哪件事有在公告中被提到？
(A) 所有員工都要寄報告給行政部門。
(B) 大部分的員工工作時都沒有穿制服。
(C) 員工如果不遵循服裝規定，將會受到懲罰。

(D) 有些員工被要求穿制服。

解答 (C)

Step 5 實戰演練

第 1 到第 2 題，請參考以下公告後作答。

關於員工減薪的公告

公司必須非常遺憾地宣布，我們決定調降員工的薪資。這次薪資的調降將會於一月一日生效。

如同大家所知，由於經濟不景氣，公司不斷虧損，而且過去兩年來都無法達到目標。公司也失去了一些大客戶。因此，管理部門決定調降全體員工的薪資，資深經理將會以身作則，減少二十%的薪資。非管理階級的員工，則將調降十%。

董事會將會持續關注情況發展，如果接下來兩季的財務狀況有改善，薪資就會恢復原本的水平。

想知道更多訊息或是有疑問想獲得解答，你可以聯絡人事部門。

單字 announce 宣布／ decide 決定／ reduce 減少／ reduction 減少／ take effect 實施／ due to 因為／ recession 不景氣／ management 管理部門／ situation 情況／ restore 恢復／ improve 改善／ quarter 季度／ recruitment 招募

1. 找出主旨

說明 「Why was~ written?」為詢問主旨的句型，而公告類型的文章中，表述主旨的句子中，常與動詞（announce、inform、confirm）搭配出現。因此第一段出現 announce 的句子「It is with regret that our company needs to announce that we have decided to reduce staff member's salaries.」可找到線索，因此答案為 (A)。

解答 (A)

本公告的主旨為何？
(A) 告知員工他們的薪資將會被削減
(B) 邀請人們參與薪資調降的會議
(C) 描述公司的財務問題
(D) 提出幾個給員工的福利

2. 詢問細節

說明 題目詢問的是時間，要從文中找出提及時間點的線索。第一段中有提及時間「These reductions will take effect on January 1.」，可知「薪資的調降將會於一月一日生效」。另外第三段「Salaries will be restored to their previous levels if the company's financial performance improves in the next 2 quarters.」可以知道第三季開始就可能會恢復，因此答案為 (D)。

解答 (D)

公告上提到哪天公司可能會恢復員工薪資？
(A) 4 月 1 日
(B) 5 月 1 日
(C) 6 月 1 日
(D) 7 月 1 日

第 3 到第 5 題，請參考以下公告後作答。

員工教育訓練的公告

為了持續改善我們的客戶服務，並拓展大家的技能，將會舉辦員工訓練講座。此教育訓練將在九月十日到十三日之間舉行，而每天的訓練講座都會從早上十點開始。

感謝你一直以來對 7 Days 公司這個團隊的付出。我們在這個業界已經好一陣子了，一直以來我們都試著要領先競爭對手們。若沒有大家對公司業務的支持，這一切都是不可能的。

若你參加了這個訓練講座並做筆記，你學到的一切都會對提升組織生產力有極大的幫助。同時，再次感謝你代表 7 Days 公司所做的一切，我非常期盼看到大家出席訓練講座。

部門經理

單字 in order to 為了／ improve 改善／ expand 拓展／ training 訓練／ take place 發生，舉辦／ stay ahead of 領先／ support 支持／ attend 參加／ take notes 記筆記／ boost 促進／ productivity 生產力／ organization 組織／ in the meantime 同時／ on behalf of 代表

3. 找出主旨

說明 詢問主旨題型的線索，要從第一段內容尋找。第一句「In order to continue improving our customer service and to expand your skills, an employee training session has been scheduled.」，可知「為了持續改善我們的客戶服務，並拓展大家的技能，將會舉辦員工訓練講座。」因此答案為 (C)。

解答 (C)

本公告的主要目的為何？
(A) 詢問訓練講座的意見回饋
(B) 通知員工休假日期
(C) 通知員工他們有訓練講座
(D) 宣布將有新員工要開始上班

4. 掌握事實

說明 詢問內容（is indicated about）的題型，既然問的是 employee training 相關事宜，便由文章中提及 employee training 的前後部分來尋找線索。「In order to continue improving our customer service and to expand your skills, an employee training session has been scheduled.」，可知為了加強客戶服務的表現，而舉行教育訓練，因此答案為 (B)。

解答 (B)

關於員工訓練講座，可得知什麼？
(A) 將會在一月十日和十三日舉辦。
(B) 這是為了改善員工的客戶服務能力。
(C) 只有經理能參加。
(D) 會在中午時開始。

5. 詢問要求

說明 詢問要求的題型，線索要由文章下半部的命令句或是 if 子句中找尋。最後一段出現「If you attend this training session and take notes, the things you learn will be a huge help」，可知「你學到的一切都會對提升組織生產力有極大的幫助」，因此答案為 (D)。

解答 (D)

員工被要求做什麼事？
(A) 準備做簡報
(B) 訓練講座最後一天早點離開
(C) 要準時出席訓練講座
(D) 上訓練講座時要做筆記

Unit 91. 訊息對話

Step 1 模擬例題

第 1 到第 2 題，請參考以下對話訊息後作答。

Sarah Paulson [上午 11:23]
Bruce，只是跟你說一聲我下週五會在阿姆斯特丹。

Bruce Greenwood [上午 11:25]
怎麼了？

Sarah Paulson [上午 11:26]
阿姆斯特丹那邊的辦公室要求為員工上安全講習。他們其中一位講師需要臨時出差，所以需要代課。

Bruce Greenwood [上午 11:26]
你有訂到機票嗎？

Sarah Paulson [上午 11:27]
沒辦法，太臨時了。我會開車去。

Bruce Greenwood [上午 11:28]
好，祝你好運！

單字 request 要求／ safety training 安全講習／ instructor 講師／ unexpected 出乎意料的／ business trip 出差／ substitute 代理人／ manage to 做得到／ book a flight 訂機票

1. Paulson 女士下週五將會做什麼事？
(A) 教導訓練課程
(B) 與講師會面
(C) 去旅遊
(D) 應徵工作

解答 (A)

2. 上午 11:27，Paulson 女士提到的「Not on such short notice.」，指的是什麼？
(A) 她將無法準時抵達。
(B) 她將不會搭飛機前往。
(C) 她無法接受邀請。
(D) 她無法付款。

解答 (B)

Step 5 實戰演練

第 1 到第 2 題，請參考以下對話訊息後作答。

Karen Gillan [下午 02:14]
嗨，你還在印刷廠嗎？

Bobby Cannavale [下午 02:15]
交通堵塞很嚴重，所以我其實才剛到。

Karen Gillan [下午 02:16]
太好了。Pyle 女士剛剛才寫信告訴我，明天會有二十人出席董事會會議，而不是十二位。

Bobby Cannavale [下午 02:17]
好。你有需要我從這裡帶什麼回去給你嗎？

Karen Gillan [下午 02:18]
不用，謝謝。

單字　still 仍然／ printing office 印刷廠／ traffic 交通／ terrible 糟糕的／ actually 事實上／ relief 安心／ board meeting 董事會會議

1. 把握意圖

說明　Karen Gillan 在第一封訊息中，問了是否還在印刷廠，而 Bobby Cannavale 則回覆了因為交通堵塞才剛抵達。「That's a relief.」表示太好了，此為 Karen Gillan 的回答，而根據後方她接著提出會議出席人數變更的事情，可以知道答案應為 (B)，表示還能夠傳達追加的消息給 Bobby Cannavale。

解答　(B)

下午 02:16，Gillan 女士提到的「That's a relief」，最有可能代表什麼意思？
(A) 她很開心不用繼續塞在車陣裡。
(B) 她還有時間通知 Cannavale 先生消息。
(C) 她認為最終她可以出席董事會會議。
(D) 她對於最近的財務狀況很滿意。

2. 延伸推論

說明　透過 Bobby Cannavale 兩點十五分的訊息可以知道他人還在印刷廠，而透過兩點十六分 Karen Gillan 說董事會出席人數增加的訊息內容，可猜測 Cannavale 先生在印刷廠會追加資料影本的份數，因此答案為 (A)。

解答　(A)

Cannavale 先生下一步最有可能做什麼？
(A) 訂購更多份資料影本
(B) 購買檔案夾跟筆記本
(C) 安排董事會會議
(D) 寄信給同事

第 3 到第 6 題，請參考以下線上對話後作答。

Adam Driver [上午 10:15]
哈囉，有人知道是否有給我的包裹嗎？我今天應該要收到幾份稿子，可是我覺得好像搞錯被寄給別人了。是 Tatum's Financial Times 寄來的，上面應該有「急件」的標籤。

Seth MacFarlane [上午 10:17]
前台這邊沒有你的東西。你可能要跟二樓的編輯部確認一下。

Riley Keough [上午 10:18]
收發室這裡有來自 Tatum's Financial Times 的包裹，但上面沒有收件人。

Adam Driver [上午 10:18]
那一定就是我的包裹。你可以幫我再確認一次運送標籤嗎？

Riley Keough [上午 10:19]
抱歉，上面其實有寫你的名字。只是太小了，所以我沒注意到。

Adam Driver [上午 10:20]
太好了！你可以幫我送到我的辦公室嗎？

Riley Keough [上午 10:20]
沒問題，反正我剛好正要上樓一趟。

單字　parcel 包裹／ arrive 抵達／ be supposed to 應該要／ delivery 運送／ article 文章／ by mistake 失誤／ urgent 緊急的／ reception desk 前台／ editorial department 編輯部／ shipping lable 運送標籤／ notice 注意／ upstairs 樓上／ in a minute 立刻

3. 找出主旨

說明　透過 Adam Driver 早上十點十五分的訊息內容，可知他應該要收到包裹，但好像搞錯寄給別人了，因此答案為 (C)。

解答　(C)

為什麼 Driver 先生會開啟這串線上對話？
(A) 他收到毀損的包裹。
(B) 他立刻就要跟客戶開會。
(C) 他預期會收到一些重要的稿子。
(D) 他把包裹寄錯給別人。

4. 詢問要求

說明　MacFarlane 先生在上午十點十七分的訊息說：「You might want to check with the editorial department on the second floor.」，叫他去別處找，因此答案為 (D)。

解答　(D)

MacFarlane 先生建議怎麼做？
(A) 打給 Tatum's Financial Times
(B) 變更會議地點
(C) 去前台
(D) 確認別處

5. 掌握意圖

說明　Adam Driver 在上午十點十八分的訊息說：「Could you look at the shipping label again?」，Riley Keough 回答「Sorry」，接著

立刻說因為太小看不清楚，可以知道「Sorry」是在表達她不小心看錯運送標籤的事，答案為 (D)。

解答 (D)

上午 10:19，Keough 女士說的「Sorry」最有可能表達何種意涵？
(A) 她把送貨單放錯地方了。
(B) 她今天上班遲到了。
(C) 她希望 Driver 先生重複說一遍他的操作指示。
(D) 她看錯標籤了。

6. 延伸推論

說明 Adam Driver 在上午十點二十分的訊息說：「Could you have the parcel sent up to my office, please?」然後透過 Riley Keough 在十點二十分回覆：「No problem. I am going upstairs in a minute anyway.」可知道她會帶 Adam Driver 的包裹上去，因此答案為 (A)。

解答 (A)

Keough 女士可能會怎麼處理包裹？
(A) 拿給 Driver 先生
(B) 以快捷郵件寄出
(C) 將它留在前台
(D) 移除上面的東西

Unit 92. 雙篇閱讀

Step 1 模擬例題

第 1 題請參考以下通知後作答。

致相關人士：

我之前有在 Virta Furnishings 買過很多次東西，而且我一直對產品的優良品質感到滿意。然而，我訂購的其中一個商品（#39293）並未附上任何說明書。我的訂購單號是 3929，我的客戶編號是 2324。您可以在本信附件中看到發票的影本。

如果您能將正確的說明書檔案寄至我的郵件地址 aperry@bmail.com，我將會萬分感謝。

獻上問候，
Amanda Perry

Vitra Furnishings
859, Maplethorpe Avenue, Chicago
顧客發票

訂購日期：5 月 4 日
訂單編號：39293
日期：5 月 10 日

訂購商品

產品編號	產品名稱	數量	單價	總價
12421	床邊桌	1	$150	$150
34789	桌上型檯燈	2	$70	$140
39293	衣櫃	1	$350	$350
72648	製圖用桌子	1	$280	$280

小計：$920
運費：$50

單字 purchase 購買／consistently 持續地／the high level of quality 優良品質／order 訂購／instruction 說明書／invoice 發票／enclose 附上／appropriate 合適的／direction 指示／appreciate 感謝／description 描述／quantity 數量／bedside 床邊的／clothing 衣服／chest 衣櫃

1. 在 Perry 女士訂購的產品中，哪一項產品沒有附說明書？
(A) 床邊桌
(B) 桌上型檯燈
(C) 衣櫃
(D) 製圖用桌子

解答 (C)

Step 3 實戰演練

第 1 到第 5 題，請參考以下郵件後作答。

寄件人：Miriam Chance
收件人：Daniella Poisson
日期：4 月 7 日
主旨：Pre-OP 系列

親愛的 Poisson 醫生：

能夠在上週 Riverbank 的會議上認識您真是太棒了。您的演講報告令人印象深刻，讓我能夠了解更多關於貴公司新的醫療器材 Pre-OP 系列。

因此，我在想您是否願意來 San Andreas 一趟，向我們更詳盡地報告關於該產品的事。我目前不在該地，但會在四月十七日回去，我認為四月二十三日對我們來說應該是個理想的時間，因為 Burbank 所有的醫院員工當天都必須來 San Andreas 辦公室參與第二十三屆的季度員工大會。

祝您有愉快的一天，期盼收到您的回覆。

Miriam Chance，醫生
Saint Judith Medical Association

寄件人：Daniella Poisson
收件人：Miriam Chance
日期：4 月 8 日
主旨：回覆：Pre-OP 系列
附檔：Pre-OP 系列規格表

親愛的 Chance 醫生：

感謝您的邀請。不幸地，在您提到的特定日期，我已經先安排位於 Markstown 的 Medical Tech Forum 的行程了。不過我將會在四月二十六日回到您所在的地區參加 Golden Bay 的會議，所以我在二十六日前後的時間都是有空的。

得知 Pre-OP 系列能吸引您的關注讓我非常興奮，所以我將器材規格的檔案附在信中。若能到您的辦公室向您與您的同事展示這些器材，我會非常欣喜。歡迎隨時與我聯繫，讓我們來訂個合適的日期吧。

誠摯地，
Daniella Poisson，醫生

單字 wonderful 美妙的／ experience 經驗／ presentation 發表／ impressive 令人印象深刻的／ medical instrument 醫療器材／ wonder 好奇／ whether 是否／ be willing to 願意／ detailed 詳細的／ currently 現有／ ideal 理想的／ MD (Doctor of Medicine) 醫學博士，醫生／ invitation 邀請／ prior arrangement 事先安排／ specific date 特定日期／ mention 提及／ attach 附加／ dimension 規格／ present 發表／ colleague 同事

1. 掌握事實

說明 由第一封信後半部可得知寄件人的姓名（Miriam Chance）與服務單位（Saint Judith Medical Association），因此答案應在第一封信中。第二段最後「~since all hospital staff in Burbank are asked to come to the San Andreas office on the 23rd for a quarterly staff meeting.」，可知醫院員工會為了開會而來到 San Andreas，答案為 (A)。

解答 (A)

下列哪一項描述符合 Saint Judith Medical Association？
(A) 他們在不只一個地點設有辦公室。
(B) 其中一個牙醫是醫療器材的設計者。
(C) 他們的牙醫最近在 Riverbank 籌劃了一個會議。
(D) 他們的會員大會每月舉辦一次。

2. 詢問細節

說明 本題必須要將兩篇文章都閱讀過才能解題。首先，透過第一封信的第二段「April 23 would be an ideal date for us~」，可知 Chance 希望在四月二十三日進行發表。而 Poisson 的信中，第一段「Unfortunately, I have a prior arrangement with Medical Tech Forum in Markstown on the specific date you mentioned.」，可知四月二十三日（the specific date you mentioned）他要去參加 Markstown 的論壇大會，因此答案為 (C)。

解答 (C)

Poisson 醫生四月二十三日預計會在哪裡？
(A) San Andreas
(B) Burbank
(C) Markstown
(D) Golden Bay

3. 詢問細節

說明 透過第二段中「~so I have attached a file that shows the dimensions of the instruments.」，可知信件附上了醫療器材的規格（= sizes）檔案，答案為 (B)。

解答 (B)

第二封信包含了什麼？
(A) Poisson 醫生的職涯成就清單
(B) 牙醫醫療器材的尺寸規格文件
(C) 即將到來的論壇大會的行程草案
(D) Poisson 醫生演講的錄音

4. 找出主旨

說明 此題詢問第一封郵件的目的。在 Riverbank 聽到 Poisson 醫生關於醫療器材的演講發表，接著第二段說「For this reason, I am wondering whether you would be willing to travel to San Andreas and give us a more detailed presentation about the item.」，可知道他希望對方能來報告醫療器材的事情，答案為 (D)。

解答 (D)

第一封信的目的為何？
(A) 訂購新的設備
(B) 宣傳醫師的服務
(C) 宣傳專業的會議
(D) 提議一個資訊交流會議

5. 詢問細節

說明　第一封信的第一段中「It was a wonderful experience to have met you at last week's conference in Riverbank. Your presentation was very impressive, and I could learn much about your company's new Pre-OP series of medical instruments.」可知他因為看到 Poisson 發表的演說，而得知 Pre-OP 系列，答案為 (C)。

解答　(C)

Chance 醫生一開始是如何得知 Pre-OP 系列的？
(A) 藉由到其他州參訪醫療設施
(B) 藉由拜訪另一個醫生的診所時，從她那邊聽來的
(C) 藉由出席 Poisson 醫生的演講
(D) 藉由參加針對醫生的調查

Unit 93. 三篇閱讀

Step 1 模擬例題

第 1 題，請參考以下信件與評論後作答。

Kitchenware Utopia 食物調理機－型號 C3

我們最暢銷的型號 C3，由高品質塑膠與易於清洗的不鏽鋼所製成。

特色：獨特的刀片設計以及強力馬達，讓這個專業級的工具適用於各種規模的忙碌餐廳。

保固：我們提供所有零件與維修的七年保固。

一般定價：319 美金／ KU 會員：299 美金

www.kitchenwareutopia/review/c3/454

HOME	PRODUCTS	REVIEW	FAQ

評分：★★★★★

這產品太棒了。我是一名宴會承辦人，用過很多種食物調理機，但這是到目前為止最棒的一台。價格有點貴，但很值得投資。因為我是會員，所以有拿到折扣。我只有一點要抱怨的，就是它很重，所以它不如我預期的容易攜帶。不過整體來說，我還是非常滿意這個產品。

由 Ellis Peris 張貼

3 月 27 日

www.kitchenwareutopia/review/c3/CR121

HOME	PRODUCTS	REVIEW	FAQ

非常開心能聽到您滿意我們的 C3 食物調理機，我們希望在此針對您不滿之處進行回應，並針對您的問題提供建議。或許我們的 C2 食物調理機會更符合您的專業需求。C2 的馬達規格與 C3 相同，但比 C3 小很多。不過，此型號比 C3 要稍貴一些。

由 Kitchenware Utopia 客服張貼於 3 月 28 日

單字　feature 特色／ blade 刀片／ appliance 家電／ ideal 理想的／ warranty 保固／ part 零件／ regular purchase price 一般定價／ amazing 令人吃驚的／ caterer 宴會承辦人／ by far 到目前為止／ a little 有點／ expensive 昂貴的／ worth 值得／ investment 投資／ complaint 抱怨／ heavy 重的／ portable 可攜帶的／ overall 整體的／ respond to 回應／ regarding 關於／ concern 擔心／ slightly 稍微

1. 為什麼會推薦 C2 食物調理機，並說它更適合 Perls 先生？
(A) 它比較不貴。
(B) 它可以用洗碗機清洗。
(C) 它比較好組裝。
(D) 它比較輕。

解答 (D)

Step 3 實戰演練

第 1 到第 5 題，請參考以下報導、行程表與郵件後作答。

升級老舊天然氣管線的城市

（9 月 1 日）──一整個 10 月，承諾維護都市能源基礎建設的 Nairobi Energy Services 集團，計劃要以塑膠塗層的鋼製管線取代兩公里長的地底天然氣鐵製管線。

「新管線提供的較大氣壓，針對現今的高效暖爐、熱水器、烘衣機以及其他使用到天然氣的家電，能夠提供更好的支援。」天然氣公司副理 Esther Cheptumo 女士說道：「新系統於未來幾年都能確保安全且可靠的天然氣運輸。」

管線會於上午十一點至下午四點之間進行更換，Nairobi 某些街道將會實施道路封閉。天然氣公司會與政府人員配合，規劃出將不便性最小化的時程表。時程表將會每天更新於該公司網站以及當地報

紙上。若有人因為這個作業時間非常困擾，請與天然氣公司聯繫。

升級天然氣服務作業時程表

星期一	10 月 16 日	Wallastone Street
星期二	10 月 17 日	Moringa Street
星期三	10 月 18 日	Blackstone Avenue
星期四	10 月 19 日	Stainwood Street
星期五	10 月 20 日	沒有預訂工程（國定假日）

當您所在的街道作業結束，將會有 NESI 技術人員到府為您連接管線。

收件人：Peter Abonyo
寄件人：Judith Kamau
回覆：Account No. A0194
日期：10 月 12 日

親愛的 Abonyo 先生您好：

您所居住的街道將會於十月十七日星期二進行天然氣管線更新。技術人員將會在下午三點至八點間為您重新連接管線，若您有想指定的作業時間，請撥打 555-0181。當重新連接管線的作業完成後，將會中斷約一小時的天然氣服務。

感謝您。

Judith Kamau

單字 plan to 計劃／replace 取代／cast-iron 鐵製的／underground 地底／plastic-coating 以塑膠覆蓋的／steel pipe 鋼製管線／as part of 作為～的一環／maintain 維護／infrastructure 基礎建設／pressure 氣壓／high-efficiency 高效能的／furnace 暖爐／appliance 家電／city official 市政府／minimize 最小化／inconvenience 不便／significant 重大的／technician 技術人員／replacement 更換

1. 掌握事實

說明 透過「According to the article」，可知線索應在第一篇文章 article（報導）之中，而（NOT）TRUE 題型，要將不一致的選項刪除。透過天然氣公司副理 Esther Cheptumo 談到的「The increase in pressure provided by the new pipes will better support today's high-efficiency furnaces, water heaters, clothes dryers, and other gas appliances.」可知，一致的答案為 (A)。另外，像 (A) 選項的敘述精簡了「better support today's high-efficiency furnaces, water heaters, clothes dryers, and other gas appliances.」的表現手法，可以多多銘記於心。

解答 (A)

根據報導文章，關於管線的敘述何者為真？
(A) 它們將幫助新家電運作得更好。
(B) 它們比鐵製管線安裝的速度更快。
(C) 它們在幾年內會被取代。
(D) 它們會在晚上進行安裝。

2. 掌握事實

說明 同上題，線索位於 article（報導）中。從最後一段中「The gas company is working with city officials to develop a schedule that will minimize the inconvenience. The schedule will be updated daily on the company's website as well as in all local newspapers.」可知，跟市府人員協調行程中，並且將於每日更新，所以目前並未有最終結論，答案為 (D)。

解答 (D)

根據報導，關於作業時程可得知什麼？
(A) 將不被市政府所批准。
(B) 已經由 Cheptumo 女士公告。
(C) 裡面有許多錯誤。
(D) 尚未定案。

3. 詢問細節

說明 這題必須將兩篇文章內容對照後解題，而題目中提及了十月十六日，因此可先從第二篇文章開始讀。檢查作業時程表後，可知十月十六日將在 Wallastone Street 進行作業，而第一篇的第三段中，透過「Some streets in Nairobi will be closed to traffic between 11:00 A.M. and 4:00 P.M. while pipes are replaced.」可知作業進行時，道路會實施交通管制，因此答案為 (C)。

解答 (C)

十月十六日會發生什麼事？
(A) 將會舉辦 NESI 官員會議。
(B) 慶祝國定假日。
(C) 將會有一條街實施交通管制。
(D) NESI 顧客的抱怨將會被解決。

4. 延伸推論

說明 本題必須將兩篇文章內容對照後解題，另外，詢問的內容與 Abonyo 先生有關，因此先閱讀第三篇文章。從寫給 Abonyo 先生的信中，可知十月十七日 Abonyo 先生所居住的街道將進行管線更新，而回頭對照第二篇文章的作業時程表，則會發現十月十七日的工程預定地點為 Moringa Street，因此答案為 (B)。

解答 (B)

關於 Abonyo 先生，可得知什麼？
(A) 他詢問了一些資訊。
(B) 他住在 Moringa Street。
(C) 他最近與 Kamau 女士有過談話。
(D) 他晚上不會在家。

5. 延伸推論

說明 本題必須將兩篇文章內容對照後解題，題目中提及了 Kamau 女士，因此可先從 Kamau 女士出現的第三篇文章內容開始確認。「Please call us at 555-0181 to schedule a time for the work to be completed.」可得知，若要指定時間必須打電話聯絡，而第二篇中「When work on your street has been completed, A NESI technician will come to your house to connect your service line.」，綜合以上兩個線索，可知 Kamau 女士應為 NESI 的員工。

解答 (B)

Kamau 女士最有可能是誰？
(A) 市府官員
(B) NESI 員工
(C) 家電技術人員
(D) 工廠管理人員

Part 7. REVIEW TEST

第 1 到第 2 題，請參考以下備忘錄後作答。

備忘錄

給：全體員工
來自：營業部經理
回覆：7 月 18 日的會議

七月十八日星期五早上十點將有員工大會。營業部的所有員工都必須出席。會議將進行三小時，會針對如何減少下個月的客訴進行討論。員工大會細節如下。

地點：本館的 Dream Conference Hall
時間：上午十點至下午一點
會議主持人：Bill Williams 先生

請確保準時出席會議。出席人數將會由執行長的私人秘書 Alice Smith 進行記錄。我們期待在員工大會上討論如何減少客訴。請務必攜帶你的平板電腦出席會議，以便記下討論到的有關事項、提案與建議。

單字 staff 員工／attendance 參與／compulsory 義務性的／last 持續／discussion 討論／regarding 關於／complaint 投訴／detail 細節／below 下方的／ensure 確保／assistant 祕書，助理／look forward to 期待／reduce 減少／make sure 確認／take notes 做筆記／suggestion 提案

1. 掌握事實

說明 詢問主旨的題型，線索位於第一段內。首段提及「七月十八日星期五早上十點將有員工大會」，而後方緊接「Attendance at the meeting is compulsory for all employees in the Sales Department.」，因此答案為 (C)。(B) 則與事實完全相反。

解答 (C)

此備忘錄的目的為何？
(A) 提供營業部的相關資訊
(B) 通知員工可自由出席的會議
(C) 公告一個強制參與的會議
(D) 詢問會議的議程要求

2. 詢問要求

說明 詢問要求的題型，可於末段的 if 句或命令句中尋找答案。最後一句為命令語氣「Please make sure that you bring your tablet PCs to the meeting so that you can take notes on all of the suggestions and recommendations regarding the items that are discussed.」，因此答案為 (B)。

解答 (B)

員工被要求做什麼事？
(A) 帶筆電參加會議
(B) 帶掌上型電腦做筆記
(C) 建議至少要討論到一個主題
(D) 注意誰出席了會議

第 3 到第 4 題，請參考以下公告後作答。

全體員工請注意

為了表達對 Paul 先生的尊敬，我們將於七月三十日晚間九點，在我們餐廳的員工休息室舉辦退休歡

送會。會提供三明治與雞尾酒，請前來與我們一同慶祝 Paul 先生在七月三十一日將從主廚一職退休。Paul 先生在退休後打算自己開一間義大利餐廳。對於他即將進入人生的新階段，我們為他獻上最誠摯的祝福。

Paul 先生於一九八四年，從 May 飯店的 Little Italy 餐廳的基層員工做起，終於一步步來到主廚的位置。我非常享受這些年與 Paul 先生一起工作的歲月，並珍惜他的友誼與多方面的支持，我相信大家也都是這麼認為的。我非常期盼大家出席，為這位好同事、好朋友，以及好導師獻上祝福。我們永遠都會想念 Paul 先生。

單字 hold 舉辦／ retirement ceremony 退休歡送會／ in honor of 為了紀念／ along with 伴隨／ congratulate 恭喜／ retire 退休／ extend 延展，給予／ junior 初級／ eventually 終於／ value 珍惜／ occasion 場合／ co-worker 同事

3. 找出主旨

說明 「What is being announced?」詢問的是主旨，因此直接確認第一段文字。從「We will be holding a retirement ceremony in the staff room at our restaurant in honor of Mr. Paul on July 30 at 9 p.m.」，可知此公告為通知全體員工退休歡送會的事宜，答案為 (D)。

解答 (D)

公告的內容為？
(A) 員工的茶餐會
(B) 雞尾酒派對
(C) 餐廳的開幕派對
(D) 退休歡送會

4. 掌握事實

說明 「What is indicated about」句型為相關事實題型，旨在詢問與名詞（Paul 先生）有關的描述，因此找出文章中提及 Paul 先生的段落，並從前後方獲取線索。第一段的第三句「Mr. Paul, who is retiring from his position as head chef on July 31.」，以及第二段的「Mr. Paul started at the Little Italy Restaurant at May Hotel in 1984, where he was hired as a junior staff member.」，綜合來看，可得知答案為 (B)。

解答 (B)

關於 Paul 先生，可得知什麼？
(A) 他在一九八四年便以主廚身分開始工作。
(B) 他在餐廳工作了二十年以上。
(C) 他為了開義大利餐廳才退休。
(D) 他想在 Little Italy 餐廳當基層員工。

第 5 到第 6 題，請參考以下對話訊息後作答。

Spencer Walton [下午 01:15]
嗨，Betty。剛剛 Wellinton 先生跟我說他無法參加下個月的會議，因為行程有所衝突。

Betty Stone [下午 01:18]
你要我請組織委員會找替代人選嗎？

Spencer Walton [下午 01:20]
我可以推薦 Ford 協會的 Lane 博士。她是個很棒的講者，不過我不知道這麼臨時她有沒有空。

Betty Stone [下午 01:21]
我來問問。

Spencer Walton [下午 01:22]
太好了。如果她不行，我再去問問別人。

Betty Stone [下午 01:23]
聽起來很棒。

單字 make it 做到／ conference 會議／ because of 因為／ scheduling conflict 行程衝突／ organizing committee 組織委員會／ replacement 替代人選／ recommend 推薦／ at such short notice 臨時通知／ find out 了解

5. 找出主旨

說明 根據 Spencer Walton 一點十五分提到的內容，Wellinton 先生因有事而無法出席，因此答案為 (B)。

解答 (B)

Walton 先生傳訊息的目的為何？
(A) 詢問聯絡方式
(B) 回報取消的事
(C) 確認活動地點
(D) 要求一份新的行程表

6. 把握意圖

說明 Spencer Walton 一點二十分的回覆，他推薦 Ford 協會的 Lane 博士，雖然是個優秀的講者，但不確定這麼臨時的邀請，對方是否可出席。Stone 女士則回答了「I'll find out.」，可知她會去確認 Lane 博士是否可以出席，答案為 (C)。

解答 (C)

下午 1:21，Stone 女士所傳的「I'll find out.」指的是什麼？
(A) 她會去問會議是否可以改期。
(B) 她會找時間去見組織委員會。
(C) 她會確認 Lane 博士是否有空。
(D) 她會去取得 Ford 協會的相關資料。

第 7 到第 9 題，請參考以下郵件後作答。

收件人：Danson 先生
寄件人：Eric Watson
日期：9 月 17 日
主旨：企業會議邀請

親愛的 Danson 先生，

這封信是關於 JBC 企業所規劃的企業高峰會，此會議是為了宣布並討論事業版圖擴張的貿易可能性。我們將邀請所有的企業夥伴參與。請見附檔的邀請函，持有邀請函方可參與會議。

我們希望您能攜帶第二個附檔的清單中所有必要的資料。請您帶著創新的點子與計畫前來參與，因為我們需要敲定某些策略以便在國際平台上拓展事業版圖。此外，我們將會囑咐所有相關合作夥伴們，以責任感與義務好好經營這個新的事業版圖。JBC 企業期盼您的參與讓本次會議取得成效。

若您有任何疑問，請於上班時間隨時撥打辦公室電話與我聯繫。

單字 regarding 關於／ summit 高峰會／ organize 組織，準備／ corporation 企業／ in order to 為了／ announce 宣布／ discuss 討論／ possibility 可能性／ expansion 擴張／ attached 附上的／ take part in 參與／ innovative 創新的／ finalize 敲定／ strategy 策略／ spread 擴張／ furthermore 此外／ along with 伴隨／ fruitful 富有成效的

7. 找出主旨

說明 「Why was~ sent?」句型為詢問主旨，線索位於第一段。第一段「We are inviting all of our business partners to the event. Kindly find the attached invitation that will allow you to take part in this meeting.」，可知收件人 Danson 先生是受邀者。因此本信旨在邀請，答案為 (B)。

解答 (B)

本封郵件的主旨為何？
(A) 加入 JBC 企業
(B) 邀請某人參加商務會議
(C) 宣布事業版圖的擴張
(D) 討論一名事業夥伴

8. 延伸推論

說明 第一段的第二句「We are inviting all of our business partners to the event.」提到了夥伴（partner），可知彼此關係應為事業合作夥伴，答案為 (B)。

解答 (B)

根據郵件，Danson 先生最有可能是何種身分？
(A) 競爭對手
(B) 合作夥伴
(C) 供應商
(D) 同事

9. 詢問要求

說明 詢問要求的題型線索，位於末段的命令句中。而第二段第二句「Please join us with the innovative ideas and plans as we need to finalize certain strategies to spread business on the international platform.」，可看到「請您帶著創新的點子與計畫前來參與，因為我們需要敲定某些策略，以便在國際平台上拓展事業版圖」的請求，答案為 (D)。

解答 (D)

Danson 先生被要求做什麼事？
(A) 以經理身分到 JBC 企業工作
(B) 投資 JBC 企業以幫助其擴張
(C) 攜帶一些必要的設備
(D) 提供一些原創的想法

第 10 到第 12 題，請參考以下資料後作答。

Almond 飯店具備所有您對奢華飯店期望的設施。無論您是因辦公或是觀光目的前來投宿，又或者您是來此參加或是舉辦活動，您都能使用各式各樣頂級的放鬆設施，並享受毫無壓力、愉快的時間。

- 整間飯店都提供免費 Wi-Fi 上網服務，讓您能輕鬆與家裡、公司，甚至整個世界保持聯繫。
- 所有客人都能享用 24 小時的客房餐飲服務，我們提供了各式各樣的料理與飲品。
- Almond 飯店設有健身房，作為訪客，您可以免費且無限制的使用。

．與其搭乘地鐵或是計程車，何不選擇 Almond 飯店與機場之間的豪華轎車接送服務呢？

關於豪華轎車接送服務的詳細資訊，請向服務櫃檯詢問。若還有任何我們能夠使您在 Almond 飯店停留時感到更加舒適的方法，歡迎向我們任何一位員工提出要求。

單字 facility 設施／ luxury 豪華的／ leisure 閒暇／ superb 絕佳的／ amenity（飯店）設施／ effortless 不需費力的／ access 取得，管道／ concierge（飯店）櫃檯／ hesitate 猶豫

10. 找出主旨

說明 從第一段中找出主旨線索。從「The Almond Hotel has all the facilities you expect from a luxury hotel. Whether you're staying with us for business or leisure or if you are attending or organizing an event, you will have access to a range of superb comforts and amenities to provide you with an effortless, enjoyable stay.」中，可獲得關於飯店設施與多樣頂級服務的資訊，因此答案為 (C)。文中並未提及新飯店或新設施，因此 (A)、(B) 皆為錯誤答案。

解答 (C)

本文的目的為何？
(A) 宣傳新飯店的開幕
(B) 宣布飯店的新設施
(C) 提供飯店設施的相關資訊
(D) 通知員工有新的福利

11. 掌握事實

說明 NOT 題型線索，通常位於編號清單中。(A) 可以對照「With free Wi-Fi Internet access available」，(D) 則是對照「in-room dining is available 24 hours a day for all our guests」，而「Almond Hotel has its own gym, and, as a guest, you will have free unlimited access.」可驗證 (B) 的答案。然而「Instead of taking the subway or a taxi, why not treat yourself to a limousine ride between the Aimond Hotel and the airport.」，說的是飯店與機場的接送服務，因此答案為 (C)。

解答 (C)

根據資料，下列哪一項不是飯店的服務？
(A) 免費網路
(B) 免費且無限制使用健身房
(C) 飯店到市中心的豪華轎車接送服務
(D) 二十四小時的客房服務

12. 詢問要求

說明 詢問要求的題型線索，位於末段的 if 句或是命令句中。從命令句「Please ask the concierge for more details about our limousine service.」，可知飯店希望「關於豪華轎車接送服務的詳細資訊，請向服務櫃檯詢問」，答案為 (D)。

解答 (D)

顧客被要求做什麼事？
(A) 創建帳號密碼以連上 Wi-Fi
(B) 客房餐飲服務要付款
(C) 聯絡飯店以完成預約
(D) 詢問飯店的接送服務

第 13 到第 16 題，請參考以下新聞稿後作答。

Lamada 飯店推出私人遊艇服務

Lamada 飯店為了尋求奢華旅遊體驗的顧客，推出了私人遊艇服務。私人遊艇經過重新裝修，座位數由二十位乘客減少至十位。藉由減少遊艇的座位數，Lamada 飯店得以準備幾個柔軟的墊子，讓乘客享受出海航行。

為反映 Lamada 飯店象徵性的設施與服務，遊艇經過重新裝修，並以手工打造的皮革椅墊、供應國際化料理、Lamada 著名的服務而自豪。本服務提供了兩種附上遊艇午餐的套裝行程。

Sunset Cruise 套裝行程將會停泊在五個目的地，全都是充滿異國風情的小島。行程包含兩杯紅酒或馬丁尼以及一些小點心，讓乘客能在甲板上一邊享用、一邊欣賞日落。Unlimited Wine 行程則是停靠在一個異國風情的小島上，船上提供迷你半自助吧，以及葡萄酒、生啤酒無限暢飲。

想知道更多訊息或預約，請來電 000-1456 或造訪 www.lamadahotel.com。

單字 launch 開始，上市／ private yacht 私人遊艇／ renovate 改造／ seating capacity 座位數／ reflect 反映／ iconic 象徵性的／ boast 自豪於／ handcrafted 手工製作的／ leather 皮革／ cuisine 料理／ significant 重要的／ coincide 同時發生／ destination 目的地／ exotic 異國風情的／ sunset 日落／ draft beer 生啤酒

13. 找出主旨

說明 從包含標題的第一段中找出主旨線索。標題 Lamada Hotel Launches Private Yacht 與第一段「The Lamada Hotel has launched a private yacht service for customers who are looking for a luxury travel experience.」，可知本篇是介紹飯店推出的遊艇行程報導，因此答案為(B)。

解答 (B)

本文的目的為何？
(A) 提供免費的旅遊套裝行程
(B) 宣布推出新的飯店設施服務
(C) 宣傳新飯店的開幕
(D) 說明新的線上訂房系統

14. 掌握事實

說明 「is indicated about」是詢問事實與否的題型，本題詢問的是關於 yacht 的描述真偽。第二句「The private yacht was renovated to have its seating capacity reduced from 20 passengers to 10.」可知遊艇改造後，乘客數由二十人減少至十人。因此答案為 (C)。

解答 (C)

下列哪一個對遊艇的描述為真？
(A) 為了反映小島異國風情而改造。
(B) 是飯店打造出的全新遊艇。
(C) 足夠容納十名乘客。
(D) 僅適用於想要奢華旅遊的顧客。

15. 延伸推論

說明 本題為延伸推論（most likely）題型。透過標題與第一段內容，可以知道是跟新推出的遊艇服務相關的報導，因此可推得飯店應位於海邊。答案為 (C)。

解答 (C)

根據報導，飯店最有可能坐落於何處？
(A) 河邊
(B) 山邊
(C) 海邊
(D) 田野旁

16. 句子填入

說明 將題目提供的句子，填入文中標注最適合之處的題型。本題提供的句子是「為反映飯店的服務與設施，而重新裝修遊艇」，因此選擇 (B)，後方直接羅列出服務與設施，文意上較通順。

解答 (B)

文章中所標示的位置 [1]、[2]、[3]、[4]，哪一處適合填入以下句子？
「為反映 Lamada 飯店象徵性的設施與服務，遊艇經過重新裝修。」
(A) [1]
(B) [2]
(C) [3]
(D) [4]

第 17 到第 21 題，請參考以下備忘錄和郵件後作答。

收件人：Dylan O'Brien
寄件人：Kaya Scodelario
主旨：法務助理

我們留意到現在非常需要新的法務協助服務。若你找不到人選，我的一位老同事建議我們可以試試 Pados 法務協助。我們當初自己招進來的法務助理似乎沒什麼作用，他們要不是對任何程序都不熟悉，要不就是他們無法適應這個我們已經待了這麼久，步調很快的環境。

我絕對不是要將這些失敗的招聘怪罪於你，但我們真的很需要找到一個可以留在我們公司久一點的法務助理。

期盼能收到你的回覆。

收件人：Kaya Scodelario
寄件人：Dylan O'Brien
回覆：法務助理

Kaya，

我完全同意最近這些招聘結果令人難以接受。我們使用 Goldsmith 法務協助服務已經好一段時間了，而且他們過去都只會提供我們最好的人才。似乎從九月開始，他們送過來的人素質大幅下降。

我會去查查 Pados 法務協助，並試著盡我最大的努力去了解。希望他們能協助我們。我會把這件事視為首要任務，並盡快處理。

誠摯地，
Dylan

單字 latest 最近／ unacceptable 無法接受的／ top priority 首要任務／ take care of 處理

17. 找出主旨

說明 仔細閱讀第一段，找出主旨相關線索。從「an

old colleague of mine recommended that we try Pados Legal Assisting」可知，有一個人推薦了 Pados 的服務，因此答案為 (D)。

解答 (D)

這張備忘錄的目的為何？
(A) 會議通知
(B) 告知新的方針
(C) 要求開會
(D) 建議一個服務

18. 掌握事實

說明 題目問的是 Pados 法務協助的服務，因此由第一篇中找尋線索。前半部提到 Pados 法務協助服務被推薦的事，答案為 (A)。

解答 (A)

關於 Pados 法務協助，可得知什麼？
(A) 他們值得信賴。
(B) 他們不值得信賴。
(C) 他們正在擴張。
(D) 他們令人不滿意。

19. 延伸推論

說明 第一篇文章寄件人為 Kaya Scodelario，因此由第一篇文章尋找線索。文章最後說「I'm in no way blaming you for these unsuccessful hires, but we really need to find legal assistants that will be able to stay with our company for a while.」，以及第二篇文章中「I will look into~」，可知「我們需要招聘可以好好待在我們公司的人才」，因此答案為 (B)。

解答 (B)

關於 Scodelario 女士，可得知什麼？
(A) 她在醫院工作。
(B) 她是 O'Brien 先生的老闆。
(C) 她在行銷部工作。
(D) 她是新的法務助理。

20. 詢問細節

說明 問的是九月發生了什麼事，因此由第二篇文章最末段來尋找答案。通常問句中出現 According to 時，會將文章中的句子直接拿來當答案。因此可以看到「Since September, though, there has been a decline in the quality of those they've sent.」，答案即為 (B)。

解答 (B)

根據 Dylan O'Brien 所說，九月發生了什麼事？
(A) O'Brien 先生被僱用了。
(B) 品質下降。
(C) Scodelario 女士升職了。
(D) 他們開始使用 Goldsmith 法務協助服務。

21. 延伸推論

說明 本題為推論「問題＋人物」相關問題。第二篇文章為 Dylan O'Brien 所寫的信，可由本段中尋找線索。從第一段「We've been using Goldsmith Legal Assisting Services for a long time, and they used to send us only the best people.」可推論出 O'Brien 先生應該是招募負責人。

解答 (B)

O'Brien 先生最有可能是什麼身分？
(A) 業務員
(B) 招募負責人
(C) 顧問
(D) 工程師

第 22 到第 26 題，請參考以下郵件、確認通知、問卷後作答。

寄件人	Pavel Sebastian
收件人	Liu Kang
日期	2 月 3 日
主旨	您在 Swan 飯店的入住

訂房編號：5889500
VIP 會員編號：245094FT

親愛的 Kang 先生：

感謝您選擇 Swan 飯店！您的飯店預訂資訊已隨信附上。若您的預約有需要任何更動，請來信 reservations@swanhotels.com。所有預約的取消須在一週前告知，以避免損失您的訂金。

若有需要訂購票券、觀光行程、交通接送的服務，請聯絡我們的前台，寄信至 services@swanhotel.com。

確認通知

飯店地址	55 Tulegatan St. 114 98 Stockholm
房間	兩張雙人床，十樓
入住時間	下午 4:00 過後，2 月 18 日，星期五
退房時間	下午 1:00 之前，2 月 20 日，星期日
入住人數	2
VIP 會員價	$270／一晚（原價：$350）

希望您滿意您的入住！
我們希望您能花些時間填寫此問卷。

1. 您是如何得知 Swan 飯店的？
   電視___ 雜誌___ 旅行社___ 網路 _X_ 其他___
2. 您此行的目的為？ ___度假___
3. 若您有至 Restaurant Frantzen 用餐，您會如何評價這間餐廳？
   極佳___ 很好 _X_ 普通___ 不滿意___
4. 您對房間清潔的滿意度為何？
   極佳 _X_ 很好___ 普通___ 不滿意___
5. 您的姓名與電子信箱（選填）
   Liu Kang. lkang@mkmail.com

若您還不是 Swan 飯店的 VIP 會員，今天就加入！我們所有的 VIP 會員都能獲得房價二十%的折扣，並有資格獲得 VIP 會員獨享優惠。想知道更多資訊，請來電 717-7755-5775，或造訪我們的網站 www.swanhotel.com。

單字 confirmation 確認／ detail 細節／ reservation 預約／ attach 附上／ necessary 必要的／ change 變更／ cancellation 取消／ at least 至少／ in advance 事先／ avoid 避免／ deposit 訂金／ such as 例如／ take a moment 花點時間／ complete 完成／ survey 調查／ be eligible for 有資格／ benefit 好處

22. 找出主旨

說明 詢問主旨題型，先閱讀第一段。開頭的「Thank you for choosing Swan Hotel! Details of your hotel reservation are attached. Please e-mail us at reservations@swanhotel.com if you need to make any necessary changes to your reservation.」，提到預約飯店的事情，並附上預約確認通知，因此答案為 (D)。

解答 (D)

本郵件的主旨為何？
(A) 宣傳旅遊回饋計畫
(B) 提供飯店賓客更寬敞的房間
(C) 要求參與問卷調查
(D) 確認住宿的安排

23. 延伸推論

說明 第二篇文章 confirmation（確認通知）中，可知道入住時間為二月十八日，因此答案為 (C)。

解答 (C)

Kang 先生最有可能在哪天抵達 Swan 飯店？
(A) 2 月 3 日
(B) 2 月 11 日
(C) 2 月 18 日
(D) 2 月 20 日

24. 延伸推論

說明 題目詢問與 Kang 先生相關的敘述，而透過第二篇的確認通知，可知房價由定價的 350 美金，折扣至 270 美金，因此 (B) 為答案。

解答 (B)

關於 Kang 先生，可得知什麼？
(A) 他訂了電影票。
(B) 他收到了房價折扣。
(C) 他使用旅行社的服務。
(D) 他更改了出發的日期。

25. 掌握事實

說明 可以透過第三篇的問卷調查找到線索。透過問卷中的第三題，可得知飯店設有餐廳，而其他選項都未被提及，因此答案為 (A)。

解答 (A)

關於 Swan 飯店，可得知什麼？
(A) 裡面有餐廳。
(B) 在二月開幕。
(C) 主要服務商務人士。
(D) 在廣播上打廣告。

26. 延伸推論

說明 可以由 Kang 先生填寫的問卷中找到線索。問卷中的第四題，根據 Kang 先生填寫 housekeeping service（房間清潔服務）的回答，可知答案為 (B)。其他選項無法從文章中確認。

解答 (B)

根據問卷調查，關於 Kang 先生可得知什麼？
(A) 他從服務台獲得了有用的資訊。
(B) 他非常滿意房間的整潔度。
(C) 他很感謝有免費網路可用。
(D) 他常常到訪斯德哥爾摩。

PSV 0029

一次戰勝新制多益 TOEIC 必考閱讀攻略＋解析＋模擬試題

作　　者 — SINAGONG 多益專門小組、金富露（Peter）、趙康壽
譯　　者 — 林雅雰
主　　編 — 林菁菁、林潔欣
編　　輯 — 黃凱怡
校　　對 — 曾慶宇、劉兆婷
企劃主任 — 葉蘭芳
封面設計 — 江儀玲
內頁排版 — 張靜怡

董 事 長 — 趙政岷
出 版 者 — 時報文化出版企業股份有限公司
108019 臺北市和平西路三段 240 號 3 樓
發行專線 — (02) 2306-6842
讀者服務專線 — 0800-231-705．(02) 2304-7103
讀者服務傳真 — (02) 2304-6858
郵撥 — 19344724 時報文化出版公司
信箱 — 10899 臺北華江橋郵局第 99 信箱
時報悅讀網 — http://www.readingtimes.com.tw

法律顧問 — 理律法律事務所　陳長文律師、李念祖律師
印　　刷 — 勁達印刷有限公司
初版一刷 — 2019 年 8 月 9 日
初版二刷 — 2021 年 10 月 1 日
定　　價 — 新臺幣 599 元
版權所有・翻印必究
（缺頁或破損的書，請寄回更換）

時報文化出版公司成立於 1975 年，
並於 1999 年股票上櫃公開發行，於 2008 年脫離中時集團非屬旺中，
以「尊重智慧與創意的文化事業」為信念。

一次戰勝新制多益 TOEIC 必考閱讀攻略＋解析＋模擬試題 /
SINAGONG 多益專門小組、金富露（Peter）、趙康壽作 .
-- 初版 . -- 臺北市 : 時報文化 , 2019.08
432 面；19×26 公分 . -- (PSV ; 29)
ISBN 978-957-13-7873-2 (平裝)

1. 多益測驗

805.1895　　108010684

Original Title: 시나공토익 BASIC READING
SINAGONG TOEIC Basic Reading by SINAGONG TOEIC Institute & Peter Kim & Jo gang-soo
Copyright © 2018 SINAGONG TOEIC Institute & Peter Kim
All rights reserved.
Original Korean edition published by Gilbut Eztok, Seoul, Korea
Traditional Chinese Translation Copyright © 2019 by China Times Publishing Company
This Traditional Chinese edition published by arranged with Gilbut Eztok through Shinwon Agency Co.

ISBN 978-957-13-7873-2
Printed in Taiwan